언제나 처음

언제나 처음
장광자 수필집

2024년 5월 31일 초판 1쇄 발행

지은이   장광자
발행인   조동욱
편집인   조기수
펴낸곳   헥사곤 Hexagon Publishing Co.
등   록   제 2018-000011호 (2010. 7. 13)
주   소   경기도 성남시 분당구 성남대로 51, 270
전   화   070-7743-8000
팩   스   0303-3444-0089
이메일   joy@hexagonbook.com
웹사이트   www.hexagonbook.com

ISBN 979-11-92756-43-1 03810

이 도서는 2024년 부산광역시, 부산문화재단 〈부산문화예술지원사업〉으로
지원을 받았습니다.

언제나 처음

장광자

HEXAGON

책머리에

어느덧 여든 살이 되었다.

믿기지 않는 나이지만 내 손으로 글을 정리할 수 있다는 사실이 행운처럼 느껴진다.

세상의 고개를 다 넘어와 이제 돌아갈 일만 남았는데, 무슨 할 말이 남아 있을 리도 없다.

써둔 작품을 모아보니 잊고 있었던 일들이 글 속에 있어 그때그때 생각의 편린들을 만날 수 있었다. 글이 가지고 있는 보석 같은 의미를 되새겨보는 기회였지만, 얼마나 문학성을 지녔는가 자문하게 된다. 평생을 통해 관심 가져온 수필에게 빚지고 있음을 어쩌랴.

글은 그 사람이고 그가 도달한 의식 수준의 나타남이니 덧붙일 말도 없다.

그런 중에도 십 년마다 한 권씩 네 번째 책을 엮었는데, 그때마다 표지화와 삽화를 그려준 오십년지기 남편 옥영식 선생이 큰 도움이 되었다.

오랜 날 마음 의지했던 산과 바다와 꽃들과 그리고 사람들이 있어 내 삶이 풍요로웠음을 고마워하며.

2024년 봄
승학산자락에서

장 광 자

차례

4. 나의 삶 나의 수필

5. 다정多情도 병

1. 난리부르스

심금을 울리고

하모니카를 분다. 어릴 때 동생들을 따라 해 본 적이 있는데, 몇십 년이 지난 지금 노래가 되어 나온다. 옛날에 부르던 '바위고개'며 '아 목동아'도 불어본다.

여동생이 무슨 오디션에 나갔다가 특기가 무어냐는 물음에 하모니카를 분다고 했다는 말을 듣자, 불현듯 나도 불 줄 아는데 하는 생각이 든 것이다. 손위 형제들이 결혼해서 집을 떠난 뒤 그 하모니카를 동생이 가져갔다고 한다.

코로나 사태로 집에 머무는 시간이 많아져 그렇잖아도 심심하던 터에 옳거니 하며 인터넷으로 하모니카를 샀다. '기차길 옆 오막살이'도 '반달'도 불어본다. 어릴 때 부르던 동요가 술술 나오는 게 여간 신기한 게 아니다. 몸이 기억하고 있다는 게 이런 거구나 하는 생각이 들었다. 이렇듯 옛날에 부르던 곡들은 할 수가 있는데, 요즘 노래는 잘되지 않는다.

동요를 부르고 있으니 오래전, 미국에서 열린 문학 세미나에 갔을 때 젊은 목사 두 사람이 기타를 치며 '섬집 아기'를 부르던 기억이 났다. 천만리 떨어진 이국에 살면서 어릴 때 부르던 동요를 함께 부르던 모습이 얼마나 애잔해 보이던지. 노래는 기억 저편의 풍경을 불러내는 재주를 지녔다. 하모니카를 불고 있으면 병약하던 어머니와 그때 살던 집이, 뜰에 피어있던 노란 장미가 다가오기도 한다.

하루는 뒷산으로 산책을 나가 정자에 앉아 하모니카를 불고 있는데, 어떤 남자분이 오더니 어디서 배웠느냐고 물었다. 배운 적은 없고 그냥 할 줄 안다고 했더니 하모니카 잡는 법부터 이리저리 가르쳐주었다. 그 마음은 고마웠으나 새삼 배워서 뭘 할까. 노래만 되어 나오면 되지, 나는 내 식대로 그냥 불기로 했다.

친한 사람 몇이 모여서 모닥불 앞에 앉아 밤을 보낼 때 하모니카를 꺼냈다. 열심히 연습해 간 유심초의 '그대를 사랑하오' 는 타는 불길과 어울려 한층 멋진 분위기를 연출했다. 젊은 날 캠프 화이어의 추억이 살아나면서 가버린 세월이 안타까이 다가왔다. 노래는 옛날을 소환하는 비법을 지녔는지도 모른다. 하모니카 한 곡조에 따라온 젊은 날을 돌아보며 잠시 그리움에 젖었다.

진달래 꽃잎을 따주던 옛 님이 어찌 '바위고개'의 노랫말 속에만 있을까. 사는 일이 이렇게 펼쳐지는 줄 알았더라면 손 한 번 잡는 일이 무에 그리 대단해서 몸을 사렸을까. 하모니카는 가버린 젊은 날을 애타하며 울 듯 말 듯 곡조를 이어간다.

홍벽초는 소설 『임꺽정』에서 피리를 잘 분다고 소문난, 벼슬이 '단천령'이라는 사람의 피리 소리를 눈에 본 듯 그리고 있다. "원망하는 것도 같고 한탄하는 것도 같고 하소연하는 것도 같았다"고 하면서. "춘몽 같은 세상, 초로 같은 인생에 시름도 첩첩하고 설움도 첩첩한데 그 시름과 설움을 피리로 풀어내는 듯 했다"고 한다. 피리 소리를 들으며 눈물짓는 이가 있는가 하면 어떤 사람은 흐느껴 울기도 한다는 구절을 읽으며 나도 그런 경지에 가 닿을 수 있었으면 하는 바램이 생겼다. 설명할 수 없는 존재의 심연을 건드려 눈물짓게 하려면 나부터 그런 곳에 도달해 있어야 할 듯, 어떤 마디는 천년 울음을 우는 것 같았다는 구절에서는 문득 마두금이라는 현악기의 연주를 듣고 눈물을 흘린다는 낙타 생각이 났다.

낙타는 제 새끼 외에는 젖을 물리지 않는다는데, 몽골에서는 어미 잃은 새끼를 위해 마두금 연주자를 불러 음악 소리를 들려주고 그 가락에 맞춰 노래를 부르면 낙타는 방울방울 눈물을 흘린다고 한다. 그때를 맞춰 젖을 물리면 새끼를 받아들인다는데, 그 정경을 보면서 낙타의 가슴 어디에 그렇듯 따뜻한 샘물이 흐르는지 나도 따라 눈물이 나려고 했다. 마두금이라는 악기의 선율이 낙타의 심금을 울려 잠자던 설움을 깨워서 그럴까. 불룩하게 솟은 등에 무거운 짐을 지고 뙤약볕 속을 걸어야 하는 자신의 운명이 서러워서 그럴까. 낙타가 울다니, 음률이 갖는 그 신비한 공명을 느낄 줄 아는 낙타는 겉모양만 다를 뿐 사람과 마찬가지의 심성을 지닌 게 아닌가. 노래를 들으면 너 새끼 내 새끼 가르던 냉엄한 차별의 경계가 허물어지고 따스한 암컷의 모정이 샘처럼 솟아나는 모양이다.

음악이 만인의 공통언어라 하지만 사람뿐 아니라 짐승에게도 치유의 명약이 됨을 보면서, 하모니카로 시름을 달램은 물론, 다른 사람의 설움을 어루만져 심금을 울릴 수 있는 날이 오기를 바라는 마음이다.

나를 증명하라고 하네

은행에 가서 주민등록증을 내놓을 일이 있었다. 그런데 사진이 변색이 돼 본인 확인이 안 된다며 다른 거라도 있으면 보자고 했다. 분명히 내가 앉아 있는데 나를 증명할 길이 없다는 게 무슨 상황인지 잠시 머릿속이 멍해졌다. 주민등록증에 주소도 있고 생년월일도 있는데, 사진이 없으면 나는 알 수 없는 사람이란 말인가. 이번에는 봐 주지만 다음에는 이대로 안 되니 사진을 찍어서 주민등록증을 다시 만들어 오라고 했다.

급한 일이 아니다 보니 차일피일 미루다 하루는 큰맘을 먹고 주민 센터에 가려고 나섰다. 최근에 찍은 증명사진이라곤 운전면허 갱신하러 갔다가 그 자리에서 찍은 사진뿐이어서 그걸 들고 나섰다. 코로나 사태로 상점이 문을 닫고 사람들도 잘 나다니지 않으니 사진관이 문을 열지 않을 수도 있을 것 같았기 때문이다.

마스크를 쓰고 다니니 굳이 화장할 필요가 없어 그냥 나선 길, 혹시나 하고 길가에 있는 사진관 문을 밀었더니 주인이 반겼다. 사진은 필요한 데 화장을 안 해서 어떨지 모르겠다는 내 말이 떨어지기 무섭게 그건 자기가 알아서 해줄 테니 염려 말라는 거였다. 그제야 핸드폰으로 찍은 사진을 보정하는 법을 배웠던 생각이 났다. 실물보다 사진이 더 이쁘게 나왔다. 주름도 없어지고 립스틱도 발라 더 젊어 보였다. 옛날 사람들이 보면 놀랄 일이라며 사진을 받아 들었다.

주민등록증을 재발급받으러 주민 센터에 갔더니 엄지손가락 지문을 채취하겠다며 손가락을 대라고 했다. 지문이 나오지 않아 열 손가락을 차례로 가져다 댔지만 실패, 가지고 있던 주민등록증에 있는 지문을 복사해서 쓰라고 말하고 나왔는데 기분이 묘했다. 나오다가 멈춰 서서 손바닥을 펴고 유심히 보았다. 지문이 닳아 없어질 만큼 무슨 일을 그렇게 했단 말인가. 세 아이 키우며 밥해 먹고 산 게 전부인데. 만약 치매라도 걸려서 집을 잃어버리면 무엇으로 나를 찾을 것인가. 지문을 찍어서 사람을 확인하려고 하는 작업일 텐데, 내 손에 지문이 없으면 대조할 수 없는 일, 나를 증명할 수 있는 게 없다는 막막함이 밀려왔다. 나를 증명하는 길이 사진과 지문뿐이라는 데 생각이 미치자 갑자기 나라는 존재가 뭔지 생각이 헝클어지기 시작했다. 다른 사람이 나를 확인하기

전에는 내가 아니란 말인가. 나라는 실체가 분명히 여기 있는데 그걸 증명해야 되다니, 한참을 생각해도 실타래는 풀리지 않고 그래서 사진 이름이 '증명사진'이구나 라는 바보 같은 깨달음이 왔다. 그렇다면 사진기가 없고 주민등록증이 없던 시절에는 사람을 어떻게 확인했을까. 한 번도 생각해 보지 못한 일이 성큼 내 앞에 다가온 느낌이다. 그러고 보니 여권도 나를 증명하는 물건이라는데 생각이 미쳤다. 난생처음 미국에 갈 때 입국 심사를 하면서 카메라 앞에 세우던 생각이 난다. 여권에 있는 사진과 내가 동일 인물인가를 확인하는 절차였던 것이다.

아버지가 편찮으실 때, 동생이 어머니랑 두 분을 모시고 청도 운문사에 간 적이 있다는데, 보행이 불편한 아버지를 한곳에 모셔두고 전각들을 둘러보고 오는 데 시간이 많이 걸렸든지 아니면 기다리는 입장에선 지루했든지, 아버지는 당신을 버리고 간 줄 알고 불안했다는 말씀을 하더라고 했다. 문득 이 일이 떠오른건 무슨 영문일까. 그렇게 당당하던 아버지가 그런 불안을 느꼈다면 나도 늙고 병들면 지문이 없어서 어떻게 하나.

나를 증명할 수 있는 길이 없어, 혹시 누가 나를 모르십니까 하고 타인에게 물어야 될 지경이 될지도 모르겠다.

씨를 뿌리는 사람들

　사람 얼굴은 보이지 않고 하얀 의사 가운이 병원 복도를 걸어오고 있었다. 가까이 다가왔을 때 보니 흑인이었다. 구경꾼처럼 다가가 말을 붙이니 스스럼없이 우리말로 대답했다. "이태석 신부를 알면 저를 알텐데요." 그 말 한마디에 〈울지마 톤즈〉라는 영화가 떠올랐다. 안타까운 죽음이 왜 없을까마는 그 젊은 신부가 세상을 떠났을 때 하느님도 무심하다는 생각이 들었던 기억이 난다.

　아프리카 남수단, 이름도 낯선 곳이 우리에게 다가왔던 것은 그곳에 사랑의 씨앗을 뿌린 한 선각자 덕이었다. 신부이면서 의사였고 아이들에게 악기 연주하는 법을 가르쳐 브라스밴드를 만든 장본인, 그 씨앗이 싹을 틔워 나와 마주친 것이다.

　이야기로만 알던 사람을 실제로 만나니 반가워서 사진을 같이 찍자고 했더니 바쁘다며 횡하니 가버렸다. 유창한 우리

말도 반갑고 바쁜 상황도 좋아 보였다. 꿈에라도 생각했을까 의사가 된다는 사실을. 한국에 온 지 9년이 되었고 연세대학 한글학당에서 우리말을 배웠다는 사실도, 앞으로 또 그만한 세월을 이곳에 더 있어야된다는 사연도 알았다. 엄마가 보고 싶겠다며 위로도 하고 고국에 돌아가 훌륭한 의사가 되라고 덕담도 건넸다.

다 같이 한 생을 살다가는 데, 내 앞가림만 하고 살아온 나, 누구나 슈바이처가 될 수는 없겠지만, 문득 그렇듯 큰 뜻을 품도록 그를 키운 곳에 한번 가보고 싶었다. 사람은 태어나고 자란 곳의 정기를 받는다 했으니 어떤 남다른 기운이 그를 키웠을지 궁금했다. 남부민동에 있는 생가를 복원했다는 소식을 들었고, 내가 사는 곳에서 멀지 않는데도 선뜻 나서지 못하고 있던 차에 이태석 기념관 개관식이 있다는 뉴스를 접하고 이때다 하고 나섰다.

바다가 보이는 비탈진 언덕에는 그가 다녔다는 송도성당이 보이고 그 가까이에 기념관이 들어서 있었다. 좁고 가파른 계단을 내려가니 여덟 형제가 살았다는 생가가 있었다. 집에는 이태석 신부가 연주했던 낡은 기타가 앉은뱅이책상 옆에 비스듬히 세워져 있고 책상 위에는 다이얼을 돌려야 하는 오래된 전화기, 책상 시계, 그리고 지금은 보기 힘든 주산과 몇 권의 교과서가 놓여있었다. 위대한 한 영혼이 자라던 조그만 집.

그 옆에는 찾아오는 사람들이 기념으로 사갈 수 있도록 소소한 물건을 파는 '톤즈 점방'이 있었다. 이름과 달리 모두 우리나라 제품이었다. 그날 행사에 참석한다는 서구청장 부인이 마침 그곳에 들렀다. 기념관을 비롯하여 이곳을 이렇게 가꾼 것이 구청장의 치적이라고 자랑하듯 말했다. 나는 그 부인에게 톤즈 점방이라는 이름에 걸맞게 톤즈에 사는 사람들이 손수 만든 수공예품을 가져다 팔면 서로 좋은 일이 아니겠느냐며 건의를 한번 해 보라고 권했다. 하고자 뜻만 낸다면 어려운 일도 아닐 것이다. 이태석 신부가 그곳 사람들을 위해 몸 바쳐 살아온 뜻을 잇는 것이기도 하니까. 남수단과는 천만리 떨어진 이곳에서 그 고장 사람들의 손길이 닿은 물건을 보고 사 갈 수 있다면 그보다 좋은 기념품이 어디 있을까. 그리고 그곳 사람들에게 적으나마 수입이 생긴다면 이태석 신부도 기뻐할 것이다.

5층으로 된 기념관 옥상에 다과가 마련돼 있었다. 한쪽에는 산비탈에 촘촘히 들어선 집들이, 다른 한쪽에는 툭 트인 바다가 보이는 전망 좋은 곳이었다. 주교를 비롯하여 부산시장도 참석한 기념식장에는 신부와 수녀들이, 또 이태석 신부의 누나와 형이 자리를 빛내고 있었다. 백병원 복도에서 마주쳤던 토마스는 보이지 않았다. 꼭 와야 할 사람인데 피치 못할 일이 있었던 것일까. 옆에 서 있는 수녀님과 이 얘기를 나누다가 그때 합창반에서 함께 활동하던 여자아이와 결혼했다는 소식도 들었다. 가정을 가졌으니 낯선 나라에서의 생활이 덜 팍팍하리라. 그도 언젠가 제나라로 돌아가 다시 씨를 뿌릴 것이다. 병원이 없어 앓다가 죽을 수밖에 없다던 그 오지, 톤즈의 사람들에게 의술을 펼치고 아픈 사람을 돌보며 살게 되리라. 함께 이곳에 와 공부한 친구 중에는 공과대학에 들어가 교량 놓는 기술을 배워 모국으로 돌아간 사람도 있다고 했다. 길이 없어 병원까지 오는 동안에 생명을 잃는 경우가 많아서 길을 닦고 다리를 놓는 일이 시급하다며 그쪽 길을 택한 친구, 한 사람의 사랑과 헌신이 수많은 사람을 살리고 또 그 뜻을 이어가는 인재를 기르는 과정을 보며, 가슴 저 밑바닥에 따뜻한 한줄기 강물이 흘렀다.

기념관 입구에는 이태석 신부의 흉상이 우리를 맞이하고, 안에는 그가 입던 의사 가운과 청진기, 들고 다니던 가방과 메모해 둔 책상 달력이 전시돼 있었다. 그리고 톤즈의 누런 강물 속에서 까만 몸의 어린이들과 어울려 찍은 사진들을 둘러보면서 한 고귀한 영혼이 머물다 간 흔적을 눈여겨보았다. 가진 것을 나눈 것이 아니라 받은 것을 나누었다는 구절도 보였다. 어려운 사람에게 하는 것이 나에게 하는 것이라는 예수의 말씀을 실천하려 했다는 구절에 가서는, 인도의 빈민

촌에서 그들을 돌봤던 데레사 수녀가 예수님을 돌봤을 뿐이라던 고귀한 정신이 묻어났다.

길에서 주워 온 못 하나도 제 자리에 갖다 두도록 가르쳤다는 어머니, 그 가르침이 밑바탕이 되어 톤즈의 하늘에 헌신의 생을 바치지 않았을까 짐작하면서, 내 일에만 몰두해 살 것인지 나에게 물으며 돌아왔다.

그 여름날의 약속

녹음이 짙은 산빛을 보고 있으면 문득, 그 산길을 함께 걸었던 어린 비구니 생각이 난다.

대전에서 직장생활을 하던 그때, 계룡산 동학사 아래 작은 암자에서 하루를 묵었던 적이 있다. 그곳에서 여나믄 살 되는 옥순이를 만났다. 새벽 예불 소리에 일어나 보면 그 쪼그만 아이가 승복을 입고 혼자 촛불 아래서 목탁을 두드리고 있었다. 그때 다른 스님들은 출타를 했는지 보이지 않았던 것 같다.

계곡에 빨래를 하러 가면 아이를 따라가 그 옆에 앉아있기도 하고 부엌에 불을 지피면 거들기도 했다. 엄마가 절에 맡기고 갔는데 데리러 올 거라는 얘기를 했다. 이튿날은 거기서 한참 떨어진 남매 탑까지 갔다 왔다. 초록이 우거진 산길을 승복 자락을 펄럭거리며 폴짝폴짝 뛰던 모습이 지금도 보인다. 우리는 손을 잡고 걷기도 하고 바위에 앉아 쉬기도 하면서, "손님, 다음에 또 올꺼지요?" 하면 그렇고말고 하며 새끼손가락을 걸었다. 생전 처음 집을 떠나 낯선 곳에 살던 나도 옥순이만큼 외롭고 의지할 데 없는 심정이어서 우린 금방 친해졌는지도 모른다.

'아버지 돌 내려가 유−' 하면 바로 '꽥' 소리가 들린다며 흉을 보던, 처음 들어보는 충청도 말씨, 겨울이면 문고리가 얼어 손이 쩍쩍 달라붙던 추위는 속까지 얼어붙게 만들었다. 그래서 부산이 더 그립고 가족이 보고 싶었을 텐데, 차비라도 아껴 병 중이신 어머니 계시는 집에 한 푼이라도 더 보낼 요량으로 낯선 절로 찾아든 나의 처지가 새삼 돌이켜진다. 이런 나처럼 옥순이도 생소한 절 생활에 익숙해지느라 얼마나 고생을 했을까 그 어린 것이 새벽에 일어나야 하고 예불 드리는 법도, 최소한의 불경도 외워야했을 텐데, 스님들과 낯선 환경에 어떻게 적응하고 살았을지 지금 생각해도 가슴이 아린다.

그런 옥순이와 철썩같이 약속을 하고 왔는데, 그해 부산으로 발령이 나는 바람에 그 약속을 지키지 못하고 말았다. 그러나 그 말은 내 가슴에 남아 산빛이 푸르러지는 여름이 오면 애잔함이 살아나고 아직도 절에 남아 있는지, 아니면 엄마가 와서 데리고 갔는지 궁금해지곤 했다.

그 사이 세월이 흘러 내 아이들이 옥순이보다 훨씬 많은 나이가 되었다. 그러던 어느 날 계룡산으로 등산을 가게 되었다. 미루던 숙제를 할 기회가 온 양 설레는 마음으로 나섰다. 암자는 그 자리에 있었지만 새 건물들이 들어서 옛 모습은 간 데 없었다. 주지 스님을 찾아 인사를 하고 옛날 옥순이와 한 약속을 얘기하면서 혹시 그 아이의 뒷 소식을 알고 있는지 물었다. 몸집이 나고 제법 나이 든 비구니스님은 모른다고 했는데, 그 스님의 얼굴에 스치던 쓸쓸한 표정이 나를 붙잡았다. 혹시 그때 그 아이가 저 스님이 아닌가.

절을 돌아 나오면서 사람마다 가는 길이 정해져 있음을 놓치고 있었다는 생각이 그제야 들었다. 그 아이가 내쳐 스님으로 살았든 절을 뛰쳐나가 다른 길을 갔든 그것은 알 수 없는 일, 사람마다 가는 길이 정해져 있음을 어쩌랴. 그것은 누구도 어쩔 수 없는 타고난 운명 같은 게 아닐지.

한 번이라도 더 그 아이를 보러 갔더라면, 새끼손가락 걸고 한 약속을 지켰다면 이렇게 오랜 날 마음에 남아 있지는 않을 텐데. 신록이 짙어지는 산길에 서면 승복 자락을 펄럭거리며 폴짝대던 옥순이가 지금도 보인다.

내 자리가 아닌 곳

전화할 일이 있어 조용한 곳을 찾다 보니 '안내' 표지가 붙은 자리가 비어있었다. 어느 병원에서의 일이다.

안내하는 사람은 퇴근을 했는지 의자 두 개가 나를 기다리고 있었다. 대합실은 사람이 많아 시끌시끌했고, 밖에 나갈 생각을 하지 않은 건 아닌데 날씨가 추워 엄두가 나지 않았다.

가방을 옆자리에 놓고 편안히 앉아 전화를 하자마자 사람들이 내게로 와 묻기 시작했다. 내과는 어디로 가야 하느냐 화장실은 어디냐, 처음에는 아는 대로 손가락으로 방향을 가르쳐주었지만, 묻는 빈도가 늘어나자 모른다고 아예 손을 내저었다. 묻는 사람도 당황스럽고 나도 난감한 상황이 계속되자 더는 앉아있지 못하고 일어나 옆에 있는 벽에 기대섰다. 그러자니 전화에 집중할 수도 없었다. 엄연히 안내를 한다는 곳에 앉아 모른다고 손을 흔들어댔으니 묻는 사람 입장에서는 어이가 없었을 테고 나 또한 할 짓이 아니었다. 애초에 앉을 자리가 아님을 알아야 했는데 비어있는 의자에 혹해서 그런 분별을 하지 못했던 것이다. 어떻게 전화를 했는지 기억도 나지 않고 허겁지겁 그 자리를 물러 나오며 안도의 한숨을 쉬었다.

생각해 보면 내 자리가 아닌 곳에 앉아 멋모르고 설친 일이 어찌 이일뿐일까.

나에게는 연년생인 오빠가 있다. 직장생활을 먼저 시작했던 나는 대학생인 오빠에 비해 아무래도 집안에 보탬이 되었을 테고 알게 모르게 목소리에 힘이 실렸을 것이다. 장남인 오빠가 공연히 주눅이 든 것은 가장 역할에 문제가 생긴 아버지 탓임에도 내가 오빠를 제치고 나섰다는 걸 알게 된 것은 세월이 한참 지난 뒤였다.

세 아이를 기르는 중에도 방송통신대학 공부하느라 정신없던 어느 날, 오빠가 집으로 찾아왔다. 목돈이 생겼다면서 다이아몬드반지를 해준다는 것이었다. 자식이 셋이나 있는 오빠에게 나는 얼마나 오랫동안 빚으로 남아 있었던 것일까. 줄래줄래 따라가 반지를 맞추고 돌아오면서 오빠한테 잘못한 일은 없었는지 반성하는 마음이 되었다. 한 대 맞은 것 같기도 하고. 그러다가 제때 대학을 가지 못한 설움이 되살아나 집에 오자 퍼질러 앉아 울었다. 오빠의 자존심을 세워주지 못했다는 부끄러움도 살아나고.

그렇다면 그 뒤에라도 오빠의 위상을 세워주었던가. 지나고 보니 그렇지도 않았던 것 같다. 습성은 무서운 것, 집안에 무슨 일이 있으면 나도 모르게 나서서, 안내석에 앉아 손가락으로 방향을 가리키듯 무례를 저지르고 때로는 아무렇지 않게 손을 내젓는 짓을 하지 않았던가.

어머니 돌아가시고 초상 치르고 남은 부의금을 다니시던 절에 보시하자고 먼저 말을 꺼낸 것도 나였다. 오빠도 생각이 있었을 텐데 동생들하고 의논을 먼저 했어야 하는데 불쑥 꺼냈으니, 설사 반대하는 마음이 있어도 좋은 데 쓰자는데 어찌 드러내놓고 말할 수 있었을까. 평소에 어머니가 어려운 사람을 돕고 싶어도 형편이 여의치 못해 그러지 못했다는 말까지 덧붙였으니.

이렇듯 자신의 자리를 지킬 줄 모르고 나대는 버릇은 어디서 연유한 것일까. 곰곰 생각해 보니 큰 딸이었던 나를 편애한 아버지 잘못이 크다. 잘못되면 조상 탓이라더니 내가 그 꼴이지만, 책임을 전가하고 싶어서라기보다 위계질서를 잡아주지 못한 아버지의 양육 방식에 문제가 있었다는 생각이 드는 것이다.

내가 우리 집 막내를 편애했다고 생각하는 큰 애들의 지적을 받은 경험이 있어 더욱 그렇다. 막내가 언니들한테 빡빡

대들 듯이 나도 아버지를 등에 업고 오빠한테 함부로 굴지 않았을까. 누군가를 편애하는 데는 본인의 무의식이 작용한다는데, 막내로 태어난 아버지는 여동생이 없어 큰딸인 나를 더 이뻐한 건 아닐까. 큰딸로 태어난 나는 아무 부담 없는 막내에게 나의 바람을 투사했을 테고.

아버지는 내가 백일장에서 상이라도 타오면 동네방네 자랑을 했었다. 그 잘난 글재주가 문제였을까. 아니면 어쩌다 타오는 우등상이 오빠를 기죽였을까. 오빠도 당당히 대학에 들어간 걸 보면 성적 때문에 기가 죽지는 않았을 테고, 아무래도 장남의 자리가 삐끗대기 시작한 것은 오빠의 대학 진학과 아버지의 실직이 맞물린 집안 사정 때문이었지 싶다. 거기다 아버지의 편애로 나도 모르게 기고만장해진 부분이 있어 더욱 그러지 않았을까.

아무려나 나의 내면에 자리한 그 오지랖이 아니었다면 돈 몇 푼 번다고 슬그머니 오빠 자리를 차지하는 그런 버릇이 나올 리 없다. 집안에 무슨 일이 생기면 불쑥 앞서는 내 성향이 하루 이틀에 만들어진 것도 아닐 것이다.

부모님 돌아가시고 나니 형제간도 뜨악해져 자주 볼일도 없는데, 지금 와서 보니 오빠한테 빚을 많이 졌음을 알게 된다. 내 자리가 아님을 알고 서릿발처럼 도리를 지킬 수 있는 사람이 되지 못했던 부끄러움을 어찌하면 좋을지. 나도 오빠가 그랬던 것처럼 뭐라도 사서 한 번 찾아가야 하나.

남의 자리인 줄 알면서도 털썩 주저앉아 제 일 보다가 혼비백산하여 물러나는 이 버릇, 어찌 그 순간의 판단이었을까.

난리부르스

시대에 따라 새로운 말이 생겨나는 건 재미있는 일이다. '난리부르스'도 전에는 없던 말이다.

이번 여름처럼 지독한 더위를, 나는 난리부르스를 추며 지냈다. 아는 분이, 정신없이 바빠 고생이 이만저만이 아닐 때 흔히 쓰던 말, '식겁 잔치'를 한 상황을 난리부르스를 춘다고 했는데, 그 표현이 재미있어서 안부를 묻는 사람한테 썼더니 곧잘 알아들었다.

육아 휴가 중인 막내딸이 여름에 친정에 와 있겠다고 해서 그러라고 했더니, 애 둘을 데리고 왔다. 남편한테도 허락을 받았다. 아무리 자식이라도 자기가 불편하면 싫어할까봐 미리 대답을 들어두었다. 자연스럽게 안방을 비워주었다. 세 식구가 지내다가 사위라도 오는 주말이면 네 식구가 되니, 큰 방이 맞춤이다. 남편은 책이 쌓여있는 자기 방에, 나는 작은 방 침대에서 여름을 지냈다.

자식과 함께 있고 싶어도 평생을 두고 그런 날은 오지 않을지 모른다. 지금은 둘째를 낳아 휴가 중이니 마음을 낼 수 있지, 복직해서 출근을 하면 한 달은커녕 단 며칠도 와 있을 수 없다. 그리고 엄마인 내가 있으니 엄두를 내지, 아버지만 있어도, 또 새엄마가 있으면 더욱 생각도 못 낼 일이다. 그리고 그나마 아이들 뒷바라지를 할 수 있을 정도의 건강이 받쳐주니 여간 감사한 일이 아니다.

낮이나 밤이나 펴있는 이부자리, 소파에 놓인 방석이 제자리에 있는 건 밤뿐이다. 기저귀는 쉴 새 없이 나와 쓰레기봉투를 채우고, 밥때는 왜 그리 금방 돌아오던지 돌아서면 식사 준비다.

한 달이 지나 서울로 가게 되자, "좋은 시절 다 갔다"며 가기 싫어하던 딸, 제집에 간다고 좋아서 콩닥거리는 손녀딸을 보고 "엄마는 가기 싫다, 여기가 우리 집이거든" 하던 딸, 혼자서 아이 둘 치다꺼리 해야되니 집에 가기가 겁이 났나보다.

밤에 깨어 아기 젖 물릴 때는 얼마나 잠이 쏟아지던지, 잠 한 번 실컷 잤으면 소원이 없을 것 같았는데, 그래서 딸아이가 늦잠이라도 잘 수 있게 아이도 봐주고 밥도 해주며 오랜만에 엄마 노릇을 했다.

과일도 한 박스씩 사 왔다. 내 아이들 키울 때는 봉지에 이

천 원 삼천 원 주고 사 오면 세 아이가 그 자리에서 바닥을 냈다. 그때는 과일도 넉넉히 먹이지 못했는데, 요즘은 냉장고에서 썩어나가기도 한다. 그럴 때는 아이들 생각이 나곤 했는데, 이때다 싶어 포도도 봉숭아도 박스로 사다 날랐다. 옛말하면서.

점심은 간혹 딸 덕분에 별식을 먹기도 했다. 아이들이 자라 제 갈 길로 간 이후에는 먹어보지 않던 음식들이다. '피자'며 '스파게티'며 '탕수육'등, 오랜만에 그런 음식을 먹으면서, 된장국에 나물에 생선이나 곁들여 먹던 식사가, 세월 따라 늙어가는 식성을 극명하게 보여주고 있었다.

더워도 더워도 올여름 같은 더위는 처음이라 아직 돌도 안 된 손자 데리고 밖에 나가기도 겁나서 집에만 있었지만, 간혹 외식도 하고 주말에 사위가 오면 별식도 먹었다.

여름 손님은 호랑이보다 무섭다는데, 그 호랑이가 세 마리나 집에 와 있었으니, 거기다 백년손인 사위까지 보태는 날엔 숨이 턱에 걸리곤 했다. 그래도 자식이 있어서 겪는 일, 거기다 자라는 손자를 곁에서 볼 수 있는 행운이 덤으로 주어지니 그 무덥던 여름에 난리부르스를 추면서도 견딜만했던 것 같다. 자식 아니면 어림없는 일, 어떤 손님을 그 더운 여름에 한 달씩이나 데리고 있을 것인가. 자식이 뭔지 나는 설명할 길이 없다.

그런 중에도 빠트리지 않았던 건 뒷산으로의 아침 산책이었다. 유일하게 숨을 쉴 수 있는 시간, 새벽에 일어나 선선한 공기 속으로 가 벤치에 누워 산 공기를 마시며 충전을 하곤 했다. 하루는 애들 자는 방문을 열어보니 혼자 깨어 놀고 있던 손자가 엉금엉금 밖으로 나왔다. 산으로 갈 시간인데, 아기를 혼자 둘 수 없어 그날은 포기했다. 땀을 팥죽처럼 흘려도 그 시간이 있어 위로가 되고 재충전이 됐는데, 산책까지 못가니 답답해졌다. 그다음 날 똑같은 상황이 되자 아기를 방으로 넣어 문을 닫아 놓고 산으로 갔다. 유일하게 마음 놓고 쉬는 시간, 그것은 나의 숨구멍이었던 것이다.

시간은 흘러 아이들은 가고 집안은 옛날로 돌아왔다. 물건들이 제자리에 놓이고 남편도 큰방으로 돌아왔다.

즐거운 여름이었다. 생각해 보면 이렇게 난리부르스를 출 수 있는 날이 나의 황금기가 아닐지.

가죽장아찌

팥을 넉넉히 넣어 찰밥을 하고 집에 있는 반찬을 이것저것 찬합에 담아 들고 병문안을 나섰다.

새벽 산책하는 칸트를 보고 시간을 가늠했다는 일화를 실천하던 사람이었다는데, 알 수 없는 일이었다. 고관절이 아파 파스를 여러 날 붙여도 낫지 않아 정형외과에 가서 두어 달을 허비하는 바람에 병이 깊어져 수술도 할 수 없는 지경에 이르렀다고 했다. 건강을 과신했다는 본인의 말을 들으며 폐암이 찾아오는 경로를 알 수 없다는 생각이 들었다.

밥맛없는 환자에게 가죽장아찌가 입맛을 돋우었던지, 빈 그릇을 돌려주러 온 친구는 입이 떨어지지 않는다면서 있으면 조금 더 달라는 얘기를 어렵게 꺼냈다. 봄이 돼야 구할 수 있는 물건이라 어떻게 해 볼 수가 없다면서. 나는 버럭 소리를 질렀다. 아니 그게 뭐 그리 어려운 부탁이라고 봄까지 살아있을지도 모르는데, 새 가죽이 나와도 먹을 사람이 없으면 소용없는 일, 그때 가서 그 회한을 어쩌려고 그러느냐며 집으로 친구를 데리고 와 그릇 채 내밀었다 조금 덜었다고 하면서.

아니나 다를까 사람은 가고 봄이 되니 가죽이 장에 나와서 사다가 손질을 하노라니 설명할 수 없는 마음이 된다. 그렇게 친구는 남편을 잃었고 내가 만든 음식을 먹으며 꺼져가는 생명을 연명했다고 생각하니 고맙기도 하다. 평소에 색다른 음식을 하면 주위 사람들과 나누어 먹기를 즐겼는데, 요긴한 자리에 쓰인 음식이 새삼 내 마음을 따뜻하게 한다.

외국 여행을 가서도 밍밍한 서양 음식을 며칠 먹고 나면 김치 생각이 절로 나는데, 그때 가죽장아찌는 더할 수 없는 반찬이다. 김치만큼 냄새가 나지 않아 주위에 폐를 끼치는 일도 없다. 노르웨이에 갔을 때, 현지 한국인 가이드가 자기는 주지 않고 우리끼리 먹는다고 섭섭해하던 걸 생각하면 음식만큼 그리움을 일으키는 것도 없지 싶다.

음식은 노래처럼 추억을 불러내는 기능을 지녔다. 가죽장아찌도 그렇지만, 내게는 육개장이 그렇다. 사람은 가고 없어도 그로 해서 그이를 만나고 새삼 마음속에 살아 있음을 알게 되는 분이 있다. 그분은 문학모임에서 알게 되었는데 나와 나이 차이가 많이 났다. 꽃꽂이를 하던 분인데, 뒤에 가서는 글 쓰는 일은 하지 않았지만 간혹 만나 밥도 같이 먹고 집으로 가서 차를 대접받기도 했다. 집에 다실이 따로 있을 정도로 차를 좋아해서 우리는 이름도 잘 모르는 차 대접을 받곤 했다. 구하기 어려운 차를 어떻게 구했는지 무용담처럼 차 이야기를 듣기도 하고 아기자기한 다기를 보는 재미도 있었다.

간혹 제사가 든 날은 좋은 음식 대접도 받았다. 홍합이며 전복, 그리고 소라 등, 갖가지 산적은 보기만 해도 맛깔스럽고 화려했다. 그러던 어느 날 육개장을 끓였다면서 점심을 먹으러 오라고 했다. 육개장은 한 번 끓이면 찜통에 많이 끓여야 제맛이 난다고. 그런데 맛있는 음식을 먹으면 집에 있는 식구 생각이 난다. 염치도 없이 불쑥 좀 달라고 했다. 자주 먹는 음식이 아니어서 욕심이 났던 가보다. 같이 간 일행도 얻어서 재미있다고 좋아하며 돌아왔다.

그 뒤 치매기가 있어 집에 간병인을 데리고 있다는 소식을 듣고 호박죽을 끓여서 갔다. 잘 알아보지 못하는 듯, 그렇게 두어 번을 보고 세상 떠났다는 소식을 뒤에야 들었다. 음식 솜씨 아깝다며 우리는 그이를 그리워했다. 그분이 가고 없는 지금, 육개장을 보면 생각이 난다. 살아 있을 때 나누는 것보다 좋은 일이 있을까. 특히나 음식을.

휘영청 달밤에 춤을

추석날 저녁, 옥상에 서서 한가하게 달을 보는 마음이 편치 않았다.

퇴직한 뒤로 가장 많은 시간을 할애했고 가장 오래 함께했던 한국 춤, 그 강사가 쓰러진 것이다.

달을 보고 있으니 생각이 났고 며칠 전까지도 춤을 추던 사람이 환자복을 입고 휠체어에 앉아있는 모습이 떠올라 침울해지기까지 했다. 평소에 그렇듯 유연하고 건강하던 사람이 뇌출혈이라니 믿어지지 않았다.

구름 한 점 없는 하늘에 달은 둥근데 하릴없이 왔다 갔다 하다가 슬그머니 몸을 움직였다. 삶의 알 수 없음과 덧없음이 엉겨 더디게 춤이 되어 나왔다. 달빛을 받은 춤사위는 자리를 옮겨가며 그림자를 만들고 있었다.

이제 춤꾼 흉내를 조금 낼 수 있을 것 같은데 앞으로의 일을 예측할 수 없게 되었다. 그분의 상태가 수족도 이상이 없고 말도 할 수 있다지만 재발할 위험이 있으니 앞으로 운동을 해서는 안 된다고 했다 한다.

일주일에 한 번씩, 때로는 두 번도 만나던 사람이다. 춤을 추는 사람이 대개 그렇듯 쪼르르한 키에 고운 모습이던 오십 대 중반, 그를 처음 만났을 때는 사십 대 초반이었다. 그로부터 지금껏 함께했는데, 근황이라면서 보내온 사진에는 모자를 쓰고 한눈에 안대를 하고 마스크를 쓴 채 휠체어에 앉아있었다. 맵시 있게 춤을 추던 자태를 보아 온 눈에 그 모습은 충격이었다. 상황을 말로만 전해 들었을 때와 달리 눈으로 본다는 건 잔인하기까지 했다. 투우장에 펄펄하게 뛰어 들어오던 소가 투우사의 일격에 무릎을 꿇은 모습 같다고나 할까.

춤이란 노래를 배울 때처럼 악보를 보고하는 것이 아니라 강사의 춤사위를 따라 하는 것이어서 그 몸놀림을 하나하나 보아 왔다. 때로는 풀잎처럼 나풀거렸고 때로는 서러움이 묻어나듯 흐느끼던 몸짓은 얼마나 경이로웠던가.

처음 춤을 배우러 갔을 때 우리를 가르치느라 추는 춤사위를 보는 것만으로도 수강료가 아깝지 않다는 생각이 들었다. 내 눈에는 공연이라도 하는 것처럼 멋져 보였다. 집이 같은 방향이어서 간혹 지하철에서 마주칠 때가 있는데, 그는 언제나 책을 읽고 있었다. 방해하지 않으려고 나는 멀찌감치 앉아가곤 했다. 내릴 때 같이 내리면 계단을 한 참에 두 개씩 뛰어 올라가는 바람에 보조를 맞출 수가 없어 나는 늘 뒤처져 당도하곤 했다. 그렇게 재빠르고 날렵하던 몸 어디에 병의 씨앗이 자라고 있었던 것일까. 생각해 보면 십 년 전이나 지금이나 변함없이 씩씩하던 거기에 문제가 있었던 건 아닌지.

내가 방송통신대학에서 뒤늦게 공부했다는 사실을 알고 자기도 영문학을 하고 싶다며 그 어려운 과정을 마쳤다. 그러고는 올봄 남편과 같이 배낭여행을 다녀왔다고 했다. 지난 십여 년 동안 우리는 방학이 없었다. 삼 개월 단위의 수강을 일 년 내내 했는데, 작년에야 하나 있는 딸 대학 졸업식 마치고 함께 여행 간다며 처음으로 방학을 했다. 지난여름까지 합치면 겨우 세 번의 방학을 한 셈이다. 그런데 뜻밖의 방학이 계속되고 있다.

수요일, 그날은 웬만하면 다른 일을 제치는 날이었는데 갑자기 할 일이 없어진 듯 주어진 시간이 주체가 되지 않는다. 사정이 있어 빠지는 날도 많았지만 꾸준하게 십 년 넘게 다녔다. 좋아서 하는 일이기도 했으나 시작하면 습관처럼 계속하는 성정도 한몫했을 것이다. 운동신경이 둔해 진도를 따라가지 못할 때는 고만두고 싶은 생각이 들기도 했지만, 때로는 흥겹고 때로는 심금을 울리는 우리 가락에 맞춰 춤을 추노라면 땀이 비 오듯 쏟아져도 마음은 즐거웠다.

그동안 공연을 두 번 했다. 한 번은 부산 시민회관 소강당에서, 한 번은 대강당에서, 첫 공연에서는 기본 춤과 한량 무를 추었다. 가장 쉬운 춤을 춘 것이다. 두 번째는 살풀이를 추고 싶었는데 공연의 사회를 맡았다. 좌석이 천오백 석이라는 말을 듣고 그렇게 큰 무대에 서 본 적이 없어 한사코 사양 했지만 받아들여지지 않았다. 나는 온 힘을 다해 준비를 했다. 미리 받은 공연 순서를 가지고 인터넷을 뒤져 춤에 대한 해설을 찾아내고 나름대로 살을 붙여 원고를 썼다. 쓰고 고치고 주어진 시간을 맞추기 위해 스마트폰으로 녹음을 하고 또 했다. 그렇게 연습한 덕분에 원고 없이 진행을 할 수가 있었다. 두 시간가량의 공연에 세 번쯤 무대에 나간 것 같다.

혼자 무대에 서서 조명을 받는다는 건 떨리는 일이었다. 강단에 서는 것과는 또 다른 경험이었다. 긴장을 줄이려고 청심환을 먹었는데 방청석에 조명이 꺼져있어 다행히 관객의 모습은 보이지 않았다. 공연장이 거의 만석이었다는데 꼭 어둠을 향해 말하는 것 같았다.

그날 나는 미용사의 손을 빌려 화장을 하고 머리를 만지고 한복을 입었다. 할 수 있는 한 곱게 꾸몄는데 지나고 생각하니 그런 자리에 서는 것은 두 번 없을 영광이었다.

마지막 순서는 출연진들이 모두 나와 어우러지는 무대였는데 나도 나갔다. 사회하느라 춤을 못 춘 아쉬움을 사물놀이

패의 풍악에 맞춰, 소리꾼들의 민요 가락에 맞춰 풀었다. 그보다 더 좋은 반주가 있을 수 없고 그보다 더 신명 나는 자리가 어디 있으랴. 춤이란 저절로 나오는 몸짓이고 보면 그날 나는 원 없이 춤을 추었다. 지금 생각하니 일생일대의 무대였다.

그 뒤에 사람들이 사회도 잘했지만 춤도 잘 추었다고 했다면서 선생님은 흡족해했다. '짱-'이라는 문자를 보내오고 감사하다 는 인사와 함께 밥도 대접받았다.

돌이켜보면 우리 춤을 배워 아는 이들 출판기념회에 가서 축하 공연도 하며 재미있게 지낸 편이다. 『춤을 추면서』라는 글을 써서 수필집 제목으로도 삼았다. 이런 내게 춤을 배운 것은 탁월한 선택이었다고 했는데, 추면서 즐거웠고 배워서 유용했으니 그 말도 틀린 말은 아니다.

값진 경험을 선물한 선생님이다. 의지가 강한 분이니 다시 일어나 예전 같기를 바라지만 어떤 의미에서 그의 전반전은 끝이 난 것 같고 따라서 나의 후반전도 안개 속이다.

살풀이 출 때 입으려고 의상을 준비해 두었는데 입을 일이 없을 수도 있겠다는 생각이 든다. 폭이 넓은 치마에 자주색 고름이 달린 명주 저고리, 그 흰 한복을 잘 간수해 두었다가 세상 떠날 때나 입고 가야 할는지, 아니면 어느 하루 달 밝은 밤을 빌어 살이라도 살살 풀어볼까.

회초리

나는 속으로 몇 번이나 손자 아이를 때렸는지 모른다. 막무가내로 떼를 쓰는 아이를 보면서 저걸 한 대 때려주면 될 텐데 저렇게 받자를 하고 있으니 아이는 기고만장이 되고 어미는 어미대로 힘이 드는 게 아닌가. 어른이나 아이나 자신도 주체하지 못할 만큼 성질이 끓어오를 때는 정신이 번쩍 들도록 한 대 맞으면 그 성정이 주춤해진다. 그런데 끝까지 말로 타이르려다가 결국은 고함 소리를 내는 딸을 따라 같이 소리 지르는 손자 녀석을 보면서, 저걸 내가 언제 버릇을 좀 고치리라 벼르고 있었다.

몇 년 만에 친정에 다니러 온 딸, 마음 상하는 일 없이 잘 있다 보내야지 하면서도 아이가 고집을 부리며 떼를 쓸 때는 참고 보는 게 여간 힘든 게 아니었다. 제 자식 제가 키우는데, 할머니는 귀여워해 주기만 하면 된다고 박완서는 말하던데, 딸이 애 먹는 걸 보면 참기가 어려웠다.

하루는 아침 산책 가는 산길에서 아카시아 가지를 꺾어 회초리를 만들었다. 그리고 급할 때는 지팡이 대신 짚을 수도 있다는 명아주 줄기인 풀대를 잘라서 또 하나를 만들어 책장 위에 얹어두었다.

　어느 날 예의 그 고집을 내어 놓길레 풀대를 꺼내 들고, 누구를 좀 때려 볼까 하고 아이에게 물었다. 큰 대야에 물을 담아서 자갈돌을 담가놓고 장난감 바다생물인 옥터넛을 띄워 우리는 바다라고 불렀는데, 바다를 좀 때릴까 옥터넛을 때릴까 했더니, 바다를 때리라고 했다. 회초리도 처음 보는 모양이었고 회초리인 줄도 모르는 눈치였다. 나는 소리가 나게 바닷물을 후려쳤더니 풀대가 꺾여버렸다. 아이는 그걸 달라고 하더니, 방아깨비 뒷다리 가지고 놀듯이 꺾인 부분을 아래위로 흔들면서 "안녕하세요" 하며 장난을 쳤다. 까딱까딱하는 풀대가 인사하는 것처럼 보여서 나는 웃고 말았다.

　귀신이 무섭든지 호랑이가 무섭든지 아니면 할아버지가 무섭든지 겁내는 게 있어야할텐데, 요즘 아이들은 무서운 게 없다. 내 아이는 어떻게 키웠는지 생각이 나지 않는다. 모르긴 하지만 닦달을 하며 키웠겠지. 그렇기에 손자 투정 부리는 걸 봐주지 못하는 게 아닌가.

　인도의 육아 책에는 여섯 살까지는 왕과 왕비로 키우라고 했더라는 얘기를 한 적이 있다. 분별심은 그다음부터 가르쳐도 늦지 않다고, 자존감을 갖도록 하는 것이 무엇보다 먼저 할 일이라고, 그 말을 내가 해 놓고 아이 뜻대로 키운다고 나무라니 딸도 헷갈렸을 것이다.

관여를 하지 않는 것, 그것이 상책임을 새삼 느낀다.

2. 된장국을 탐내다가

달로 가는 길

우주 공간에서 찍은 지구 사진은 언제 봐도 경이롭다. 달에서 보는 지구는 탁구공만 하다는 데 내가 그곳에 살고 있다는 사실이 실감 나지 않는다.

우주인 마이클 콜린즈가 달 궤도를 돌며 찍은 사진에는 공처럼 떠오르는 지구가 보인다. 그가 올해 세상을 떠났다고 한다.

인류 최초로 달에 발을 디딘 암스트롱과 올드린, 두 사람을 내려주고 사령선을 타고 혼자 달 주위를 돌았던 그는 상대적으로 덜 알려졌지만, 『불을 운반하다』라는 책을 남겼다. 우리나라에는 『달로 가는 길』이라는 제목으로 나와 있다. 우주 비행에 관한 모든 것이 실려 있는 이 책에는 몇 장의 사진이 있는데, 그중에서도 우주에 떠있는 지구의 모습에 눈이 간다.

지구를 떠나본 적 없는 내 사고의 덫에 갇혀 있어 그런지 우주에서 지구를 바라보는 시선은 특별하다. 그래서 실제로 달에 갔다 온 사람만이 할 수 있는 이야기에 매료되어 이 책을 가까이 두고 있다.

달에 가기 위한 준비 과정과 훈련 내용을 얼마나 실감 나게 그렸던지 나처럼 전문용어에 문외한인 사람이 읽어도 재미있을 만큼 유머를 담아서 썼다. 달 탐사 과정에 참여한 콜린즈의 경험 중에서도 압권은, 만약의 경우 그 둘을 달에 남겨두고 혼자 지구로 돌아가는 상황이 생길까 봐 노심초사하는 장면이다. '셋이서 달 착륙 훈련을 하던 6개월 동안, 항공 기술자들을 못 믿어서가 아니라 행여 달 표면에서 두 사람을 태운 이글이 이륙하지 못하고 추락한다면, 그때는 혼자라도 무조건 돌아간다. 뒤도 돌아보지 않고. 그러나 그 비난을 어떻게 견딜 것인가.'

이 부분을 읽을 때마다 사령선을 모는 비행사로서의 고뇌가 실감 나게 다가온다. 이런 불운 없이 셋이서 무사히 달을 떠나오면서 그가 한 말은 "다시는 이곳에 돌아오지 않으리라." 그가 견딘 중압감의 무게가 이보다 절절할 수가 없다. 달에 내려서 성조기를 꽂고 월석을 채취하며 임무를 수행한 두 우주인도 돌아가지 못할 수 있다는 불안감이 왜 없었을까마는.

두 사람을 태우고 달 표면을 이륙하는 이글과 지구를 동시에 찍은 그 사진은 언제 봐도 예술이다. 콜린즈 말고 누구도 찍을 수 없는 사진, '내 생애 최고의 광경'이라는 설명이 붙어 있다. 나는 종종 그 사진을 보며 빛을 발하지 않는 달과 그 곁에 있는 예쁜 지구 보기를 좋아한다. 그 속에 내가 살고 있다는 사실이 상상이 잘되지 않지만, 그때만은 더 넓은 우주 공간으로 의식이 확장됨을 느낀다. 무수한 별들이 떠있는 우주, 태양계와 같은 행성이 셀 수도 없이 많다는 이 광대한 우주를 상상하면 나라는 존재의 의미가 와닿지 않는다.

인간이 달에 착륙한 지 십여 년 뒤의 일이지만 태양계의 외부행성을 탐사하기 위해 발사된 보이저2호가 태양계를 벗어나면서 촬영한 지구의 모습은 푸른 점이었다고 한다. 천문학자 칼 세이건은 티끌처럼 작은 점에서 살아가는 인간들이 얼마나 많은 갈등과 분쟁을 일으키고 서로를 증오하며 살아가는지 생각해 보라고 했다는데, 달 궤도를 돌며 손목시계만한 지구를 바라본 콜린즈도 세계의 지도자들이 이 지구의 모습을 본다면 생각이 좀 달라질 텐데 하는 아쉬움을 토로하고 있다.

그리고 무엇보다 놀라운 것은 그가 겪었던 절대고독의 상황이다. 사령선이 달 궤도를 한 바퀴 도는 데 2시간이 걸리고, 달 뒤로 넘어가는 48분 동안은 지상의 휴스턴 관제탑과 무선 연락이 끊긴다는데, 그 시간을 어떻게 보냈는지 궁금해하는 사람이 많았다고 한다. "나는 혼자다 진정 혼자다 고독은 불가피하고 외로움은 깊어지고 이 공간에서는 세상에 알려진 그 어떤 생명체와도 단절되어있는 유일한 생명체로서 혼자라는 느낌은 강하지만, 두려움이나 외로움보다는 자각, 기대감, 만족, 확신, 환희에 더 가까웠다"는 실토를 들으며 이 책을 읽는 보람을 느낀다. 사람 속에 있으면서도 외롭고 때로는 우울해지는 나 같은 보통 사람에겐 상상이 되지 않는 상황이다. '아담 이래로 누구도 콜린즈가 겪었던 고독을 알지 못한다' 아폴로 11호 임무일지에 기록 되어있는 구절이라고 한다.

그에게는 두 개의 달이 있다고 썼다. 가까이에서 봤던 분화구가 많은 칙칙한 달과 지구에서 바라보는 달, 그와 달리 우리는 계수나무 밑에서 토끼가 방아를 찍는 아름다운 달을 잃어버렸다. 언제 봐도 그윽한 달님, 보름달이라도 뜨면 두 손 모아 빌고 싶어지는 마음을 어찌하나. 우리뿐 아니라 소말리아 같은 곳에서는 패싸움까지 벌어졌다고 한다. 신성한 장소를 침범하는 바람에 달을 모독했다고도 하고.

나는 간혹 달을 올려다보면서 인간이 달에 착륙함으로써 무엇을 얻었을까를 생각해 보게 된다. 우주로 나아가려는 인간의 의지가 우리와 같은 생명체를 발견하게 되기를 바라기도 하면서.

그러나 무엇보다 우주 비행을 위한 훈련 중에 그가 느꼈다는, "지구 표면을 개미처럼 기어다니는 작은 피조물들, 저들은 누구지? 왜 저렇게 뛰어다니지? 어디로 갈까. 다들 무사하기는 한 걸까."라는 느낌이다.

개미처럼 보인다는 우리, 바쁘게 다니며 우리가 하고자 하는 일은 무엇일까. 이런 근원적인 질문을 받으면 사는 일에 대해 다시 생각해 보게 된다.

신 데카메론을 기다리며

칠백 년 전, 그 당시 유행했던 전염병으로 피렌체가 쑥대밭이 된 일이 오늘날 재현되고 있다. 보카치오는 『데카메론』의 서문에서 페스트로 참혹하게 죽어가던 사람들과 손 쓸 수 없던 사회상을 그렸는데, 코로나로 고통을 겪는 지금의 우리와 너무도 흡사하다.

"10일 동안의 이야기"라는 이 책은 페스트를 피해 모여 앉은 열 명의 젊은이가 각자 하루에 한 가지씩, 백 편의 이야기를 하는 형식으로 꾸며졌는데, 이야기 내용 보다 그 당시의 실상을 접할 수 있었던 것이 더 인상적이다.

작가는 첫날 이야기를 시작하면서 그 당시 흑사병의 유행으로 끔찍했던 피렌체의 정경을 그리고 있는데, 코로나가 창궐하는 지금의 세태와 다르지 않음에 소름이 끼칠 지경이다.

그런 상황을 글로 남기지 않았다면 그 세세한 정황을 수백 년 뒤의 우리가 어떻게 알 수 있겠는가. 글이, 책이 갖는 위대함을 절감하면서 세계적인 이 코로나 사태를 누군가가 보카치오처럼 상세하게 적어서 후세에 남기기를 바라는 마음이다.

코로나는 침방울을 통해 바이러스가 옮긴다는 사실을 알고 마스크를 쓰면서 예방을 해도 사람이 죽어 나가는데, 그 당시 흑사병은 무엇이 옮기는지도 모르는 채 전염되어 죽어간 사람이 피렌체에서만 십만 명이 넘었다고 하니 그 참혹함은 이루 말할 수 없을 지경이었다고 한다.

사람뿐 아니라 길거리에 버려진 환자의 옷을 돼지가 물어 뜯다가 그 자리에서 쓰러져 죽는 걸 목격했다고 하니 가축에게도 전염이 되었던 가 보다. 한탄의 바닥에 가라앉고 비참의 바닥에 빠져있는 동안, 인간의 규범은 물론 하느님의 거룩한 권위도 땅에 떨어져, 사람이 죽었는데 산양 한 마리 죽은 것만큼도 돌보지 않게 되었다고 한다. 사람을 만나기만 하면 병이 전염되어 죽어 나가는데, 성당에 신부가 없어 장례미사를 드리지 못함은 물론, 장례 행렬을 따라가는 사람이 없는 장례 풍경과 친척도 문상객도 없이 그대로 땅에 묻는다는 대목에 이르러서는 이게 오늘날의 이야기가 아닌가 의심이 들 지경이다. 우리나라도 코로나에 감염되어 부모가 돌아가시면 자식이라도 참례하지 못하고 담당자가 바로 화장하여 유골함만 전해 받는다는 이 끔찍한 현실이 그 당시와 같다. 다른 병으로 타계해도 부고조차 보내지 않고 가족끼리 장례를 치르는 일이 다반사가 되고 있다. 미국에서는 장례식장이 모자라 냉동 탑차에 시신을 보관하고 남미 어느 나라에서는 시신을 관도 없이 해안가에 묻고 십자가를 끝도 없이 세워놓던 정경과 다르지 않다.

명절이면 고향에 오지 말라는 현수막을 내거는가 하면 아이들이 학교에 가지 못하는 건 물론, 운동경기도 연주회도 열리지 않고 어떤 모임도 하지 못한다. 세계 어디에도 안전한 곳이 없으니 여행은 아예 엄두를 내지 못하고 심지어 대중목욕탕까지 문을 닫는, 모든 일상이 중지된 이런 상황이 몇백 년을 사이에 두고 반복해서 일어난다는 게 믿어지지 않는다.

재판관은 법정을 버리고 돌보지 않고, 집에서 부리던 하녀는 도망을 가는가 하면 어차피 죽을 테니 흥청망청 술을 마시는 부류가 생겨나기도 했다고 한다. 신의 규범과 같이 인간의 규범도 침묵을 지킨다고 점잖게 표현하고 있지만, 일상의 일을 아무것도 하지 않게 되고 재래의 습관을 등한시했다고 하는 걸 보면 지금의 세태와 흡사하다.

이 책을 번역한 한형곤은 "보카치오가 문학적으로 멋지게 형상화한 시대적 아픔으로서의 전염병, 노여움을 산 신의 저주로서의 전염병, 그것이 오늘을 사는 우리에게 새로운 모습으로 나타날 가능성은 없는 것일까"라고 자신의 생각을 부연하고 있다. 이 구절을 읽으며 그의 말대로 실제상황이 전개되고 있음에 놀라움을 금할 수 없다.

모르긴 하지만 이렇게 흥청망청 산 날이 있었을까 싶을 만큼 풍요롭게 살아온 우리 아닌가. 무더위에 전기 사용량이 폭증하고 있다는 요즘도 벌건 대낮에 담 밖에 줄줄이 전등을 켜고 장사를 하는 카페도 있다. 물자를 아낄 줄 알까 자연을 소중히 여길까, 지구가 더워져 빙산이 녹아내린다는 얘기를 들은 게 어제오늘 일이 아니다. 봄이면 차례로 피던 꽃들이 한꺼번에 우르르 피어나는, 우리가 사는 지구가 이렇듯 과부하가 걸려 신음하다 보니 그야말로 신이 저주를 내린 게 아닐지.

사람을 만나지 않는 것 말고는 달리 방법이 없어 집안에 갇혀 살아온 날이 두 해를 넘어서고 있다. 다행히 백신이 개발되어 점차 나아지리라는 희망을 가지고 있지만, 변이 바이러스가 출몰한다는 어두운 소식이 전해지는 이즈음, 이 답답하고 숨 막힐 것 같은 날을 사는 사람들에게 보카치오가 위안을 주기 위해 들려주는 이야기 중 한 가지를 소개하며 나의 위로도 전할까 한다.

프랑스 왕 필립이 십자군 원정을 떠나기 전에 어떤 후작의 부인이 대단히 아름답고 훌륭하다는 이야기를 듣고 마음이 끌렸다. 마침 그 후작은 십자군 원정에 나가 집에 없음을 알고 그곳을 경유하는데, 하루 전에 신하를 보내 아침 식사를 준비해달라고 전한다. 부인은 그 진의를 짐작하고 영내에 있는 암탉을 모조리 잡아서 암탉으로만 요리를 만들어 왕을 대접한다. 절세의 미인인 후작 부인을 바라보는 일은 즐거웠지만, 잇달아 요리 쟁반이 나오는데 쟁반은 바뀌어도 암탉요리 이외에는 아무것도 없는 걸 깨닫고,

"부인, 이 근처에는 암탉만 나고 수탉은 한 마리도 나지 않습니까"라고 묻는다.

"아닙니다. 폐하, 그렇지는 않습니다. 하지만 여자라는 것은 복장이나 신분에 여러 가지 변화는 있어도 속은 다 같은 법입니다."

이 말을 들은 왕은 곧 암탉으로만 마련된 식사의 뜻과 말속에 감추어진 교훈을 깨닫고 총총히 떠났다고 한다.

정선 장의 변모

 한겨울에도 시금치가 파릇하니 자라는 부산에서 꽁꽁 얼어붙는 강원도 정선을 거쳐 경북의 오지 봉화를 다녀왔다.

 눈을 볼 수는 없었지만 북쪽의 겨울은 추웠다. 자고 나서 창문을 열면 방안 공기가 김처럼 퍼져가고 밖에 주차해 둔 자동차 앞 유리는 성에가 끼어 뜨거운 물로 세수를 해주고 나서야 제 얼굴을 드러냈다.

 수확하지 않은 배추가 밭 가득 얼어있는 그곳, 마른 옥수숫대가 바람에 몸을 흔들어대는 들판에는 서리가 하얗게 내려 눈처럼 반짝이고 있었다. 길가에 웅크린 채 엎드려 있는 집 유리창은 비닐로 덮여있고 사람이 살고 있다는 듯 굴뚝에는 간혹 연기가 올랐다. 어찌 개구리만 동면에 들었을까. 시베리아 횡단 열차를 타고 가면서 보이던 통나무집에도 연기가 오르고 있었지 사람이 산다는 표시처럼. 이 황량한 겨울 풍경을 보고 있자니 유리 대신 석면으로 창문을 할 수밖에 없다던 그곳이 떠오른다.

그래도 동강에는 물안개가 피어오르고 헤엄치는 오리들이 있어 적요한 겨울의 숨소리가 들려왔다. 강물을 따라 굽이 굽이 흘러가면서 사람이 보이지 않는 그 한산한 길을 오래도록 달렸다. 개발이라는 이름 아래 손상되는 자연이 한둘이 아닌데 백옥 같은 돌을 품어 안고 흘러가는 동강이 제 자리에 있어 다행이다.

그러나 장날에 일부러 맞추어 가진 않았지만, 정선 장의 변모는 실망스러웠다. 도시의 시장처럼 천정을 덮었고 통로 사이로 상점들이 마주 보고 줄지어 들어선 정형화된 시장을 보며 낙심천만이었다. 시골장이 갖는 그 어수선함과 시끌벅적함이 사라진 곳, 부산의 부평동 시장이나 부전시장과 조금도 다르지 않았다. 다른 게 있다면 시장 들어오는 들머리에 공연장이 새로 만들어져 정선아리랑을 부르는 여인네들이 한복차림으로 공연을 하고 그 앞에 사람들이 주춤주춤 모여 서 있는 정도랄까.

촌 할머니들이 이맘때면 장작에 불을 붙여 곁불 쬐며 말린 산나물을 팔곤 했었는데, 그들은 모두 시장 안 통로에 앉아 있었다. 길가에 앉아있는 것보다 춥지는 않겠지만, 이미 옛날에 보던 장은 아니다. 구획되고 정돈된 시장을 보러 이 먼 곳까지 올 일은 없지 않을까.

식당에 들어가 콧등치기국수와 곤드레밥을 사 먹고 돌아 나오다가 파파 할머니가 손수 캤다는 고사리나물과 고비나물을 조금 사 온 것이 수확이라면 수확이다. 특히나 고비나물은 쉽게 만나기 어려운 물건이다. 산속을 헤집고 다니며 직접 캤다고 했다.

봄이면 파릇한 고비나물을 넣어 야채찜을 하던 친정어머니 생각나서 봄나물 나는 철이면 고비를 찾아보지만, 어디에도 고비나물은 보이지 않았는데, 이런 깊은 산골에는 말려두고 팔 만큼 흔한 물건이었던가 보다.

간혹 찾아오는 관광객을 위해서 그곳 사람들의 생활방식이 변하지 말기를 바라는 건 이기적인 생각이다. 나도 옛날의 내가 아닌데, 옛것이 남아 있기를 바라는 마음을 버리자.

사흘만 볼 수 있다면

헬렌켈러가 쓴 수필을 읽었다. 보지도 듣지도 못하는 사람으로 알고 있었는데, 글을 쓰고 강연을 하러 다녔다는 사실을 알고 적이 놀라운 마음이 되었다. 리더스 다이제스트 가 20세기 최고의 수필로 선정한 『사흘만 볼 수 있다면』은 그녀가 오십 대에 쓴 글로 그 절절함이 눈 뜬 우리를 부끄럽게 만든다. 더구나 청각과 시각을 잃었기 때문에 사물의 본질에 더 가까이 다가갈 수 있었다는 말에는 숙연해지기까지 한다.

무엇보다 먼저 세 가지 장애를 가진 자신을 교육한 설리반 선생의 얼굴을 보고 싶다고 했다. 흐르는 물을 손으로 만져보게 한 뒤 손바닥에 water라고 써주며 사물에는 이름이 있다는 사실을 알게 해준 걸 시작으로 평생의 동반자가 된, 그의 애정과 인내의 산 증거를 눈빛 속에서 찾아내고 싶다면서. 다음으로는 친구들을 불러 모아 '영혼의 창'이라는 눈을 통해 친구의 마음을 본다는 게 무엇인지 그들의 얼굴을 오래도록 들여다보려고 한다. 그리고 반려견들의 충성스럽고 믿음직한 눈을 뚫어져라 보고, 그동안 손으로 만져보던 집안의 작고 단순한 물건들, 양탄자의 따뜻한 색깔, 벽에 걸린 그림들을 보고 난 뒤 오후에는 숲으로 난 산책길을 걸으며 자연의 아름다움과 다채로운 색상의 석양을 볼 수 있기를 소망한다. 이것이 첫째 날 그녀가 하고 싶어 한 일들이다.

둘째 날은 "여명과 함께 일어나 밤이 낮으로 변하는 화려한 기적을 목도하고 잠든 지구를 깨우는 태양의 활약, 그 빛의 장관을 경외하는 마음으로 바라본다." 우리가 예사로 맞이하는 아침을 그는 화려한 기적이라고 표현하고 있다. 그런 다음에는 자연사박물관에 가서 시대의 변화무상함을 보게 되기를 바라며, 인류가 걸어온 발자취를 느끼고 싶다고 했다. 나는 그곳에서 거대한 공룡의 화석과 인디언들이 백인 소녀의 얼굴을 인형처럼 만들어 놓은 참혹함 정도를 본 기억밖에 없는데.

세계 각국의 유물이 전시 되어있는 메트로폴리탄 미술관에 갔을 때도 대충 둘러보면서 한국관이 이렇게 빈약하다니, 그리고 이집트의 미이라는 제 나라에서 잠들지 못하고 남의 나라에 와 구경거리가 된 것을 보며 안쓰러웠는데, 헬랜켈러는 예술을 통해 인간의 영혼을 탐구하고 싶어 한 걸 보면 퍽 학구적인 사람이었던 모양이다. 전에 이곳에 왔을 때는 담당자에게 작품을 손으로 만져볼 수 있게 해달라는 부탁을 하고, 도자기며 부조를 손으로 감상하면서 그 빛깔을 볼 수 없음을 안타까워했다고 한다.

그날 밤에는 극장이나 영화관에 갈 것이라 했다. 연극이나 영화의 경관을 볼 때 색이나 품격, 움직임을 보면서 시력의 기적을 고마워하는 사람이 몇이나 될지, 우리에게 묻고 있다.

셋째 날은 사람들이 사는 일상을 보러 뉴욕의 거리로 나가 길을 걸으며 물결치는 색의 흐름을, 색색의 여성복이 무리를 지어 움직이는 모습을 보는 즐거움에 취할 것이라고 상상한다. 그러고 보면 거리에서 각자의 모습으로 지나치는 사람들도 우리를 즐겁게 만든다는 사실을 놓치고 있었음을 알게 된다.

그녀가 그토록 보고 싶어 하는 아침마다 떠오르는 태양, 푸른 하늘, 떠가는 구름, 어느 것 하나 신비롭지 않은 게 없는데도 나는 타성에 젖어 예사로 바라보고 있다. 심지어 날마다 얼굴을 맞대는 가족과 얼굴을 붉히기도 하고 때로는 눈을 흘기기도 하는데, 그녀는 가족의 얼굴을, 자연의 신비로움을 볼 수 있는 날이 사흘만 주어지기를 소망하면서 눈으로 세상을 본다는 것이 어떤 의미인지를 일깨우고 있다.

글 말미에 그녀는 사람이 가진 여러 가지 감각 중에서 시각이야말로 가장 큰 기쁨을 준다면서 만약에 자신이 대학의 학장이라면, '눈을 사용하는 방법'이라는 필수과목을 개설하겠다고 쓰고 있다.

이 글을 읽고 나니 문득 안구를 기증하고 떠난 집안사람 생각이 났다. 당시에는 그 소식을 듣고 예상치 못한 일에 놀랐던 마음뿐이었다. 부부는 돌아서면 남이라지만, 이런 일에는 그 부인이 결정권을 가진 유일한 존재임을 알았다. 젊은 남편이 갑작스레 세상을 떠나는 그 혼절할 상황에도 그런 용단을 내렸다는 얘기를 듣고 평소에 신앙인으로 봉사활동을 하던 모습이 떠오르기도 했지만, 생전에 본인의 뜻이었는지 물어보고 싶은 마음이 일었다.

좋은 눈으로 세상의 빛과 자연을 원 없이 본 나, 그것이 축복임을 뒤늦게 깨닫고 나니 속에서 어떤 일렁임이 일었다. 나도 누군가에게 광명을 선사하는 문제를 새삼 생각해 보게 되는데 선뜻 용기가 나지 않는다. 그렇게 젊은 나이에도 용단을 내리던 사람을 생각하면 나의 우유부단함은 어디서 연유하는 것일까. 죽으면 한 줌 흙으로 돌아간다는 사실이 실감 나지 않아서 그럴까. 어차피 썩어서 자연으로 돌아갈 몸인데, 숙제처럼 화두처럼 지니고 있다가 이 문제를 풀고 가야 할까 보다.

최근에 백내장 수술을 받았는데, 이런 상태로 안구를 기증

할 수 있을지 의사한테 한 번 물어봐야겠다.

우리 음식

오랜만에 다니러 온 딸이 인도 친구의 부탁을 가지고 왔다. 집에 가면 된장을 좀 가져다 달라고 했다는 것이다. 딸 집에 와서 된장국을 먹어보고 아시아 마트에 가서 사서 먹어보니 그 맛이 나지 않더라면서.

인도여행 중에 온갖 향료가 범벅이 된 음식을 먹어본 적이 있어 어안이 벙벙할 지경이었다. 외국에 살면 여러 나라 음식을 접할 기회가 많아 본국에 살고 있는 사람과는 다른 부분이 있겠지만 의외였다.

여행 가방을 쌀 때 무김치를 가지고 간 유일한 곳이 인도였다. 이런 나를 보고 남편이 질색을 했다. 무김치만큼 냄새가 나는 게 없는데 뭐 하는 짓이냐고. 그러면 안 가져가면 되지, 하며 눈앞에서 치우는 시늉을 하고 몰래 짐 속에 넣었다.

그곳에서 설사를 만나 남편이 하루 일정을 따라갈 수 없게 되었다. 여행 가방 한가득 음식을 채워왔다는 사람 덕에 햇

반을 얻고 작은 버너를 구해 흰죽을 끓여놓고 김치를 내놨더니 반가워하는 모습이라니.

남편을 시작으로 남자들이 차례로 배탈이 나서 버스가 도로변에 서기를 몇차례, 무김치가 그렇게 인기가 있을 수 없었다. 소문을 듣고 어떤 남자분이 나를 찾아왔을 때는 빈 통이 되어 국물밖에 없다고 했더니 그거라도 달라고 해서 통째로 가져갔다. 물이 불결했을까 음식이 몸에 맞지 않았을까.

나는 전통차라는 '짜이'가 맛있어서 가는 곳마다 주문을 했다. 기차 안에서도 '짜이 짜이' 하며 팔고 다녔고 창밖을 보면 길거리에서도 주전자를 올려놓고 불을 피워 차를 끓이는 광경을 볼 수 있었다. 호텔 식당 같은 데서는 아라비안나이트에 나오는 듯한, 머리에 터번을 두른 멋쟁이 웨이트가 깍듯이 따라주는 고급스런 '짜이'를 우아하게 받아 마시곤 했다. 여행을 마치고 돌아오는 비행기 안에서 제일 씩씩하다는 말을 들은 것도 짜이 덕이었을 것이다. 나는 전생에 인도 사람이었을까.

여행을 가면 그곳 음식을 먹어보는 것도 재미있는 일이어서 향료가 범벅인 인도 음식도 먹을 만했다. 그 맛을 잊지 못해 한국에 돌아와서도 인도 음식점을 찾아가 탄두리치킨이랑 난을 사 먹기도 했다.

그렇지만 여행지에서 먹는 음식 중엔 김치만 한 게 없다.

그중에서도 시베리아 횡단 열차를 타고 가다 일행한테 얻어먹은 김장 김치가 단연 으뜸이다. 몇 밤을 자면서 가던 기찻간에는 뜨거운 물이 준비돼 있었는데, '도시락'이라는 한글로 된 라면을 먹을 수 있었다. 우리나라와 합작해서 만든다는데 용기가 두부모처럼 사각형으로 돼 있었다. 눈여겨보니 러시아 사람 대부분이 이 라면을 쌓아두고 있었다. 모스크바에서 출발한 기차가 일주일을 달려야 종점인 블라디보스톡에 도착한다는데, 그동안 끼니를 라면으로 때우는 모양이었다. 우리도 식당칸에서 한 끼를 먹었지만 나머지는 라면으로 먹었는데, 김장 김치 한 포기를 아껴아껴 먹던 기억이 새롭다. 라면과 김치처럼 찰떡궁합이 또 있을까. 이 김치를 같은 칸에 있던 러시아 남자들이 말도 없이 먹어버려 기가 찼지만, 말이 통하기를 하나 또 먹어버린 마당에 말이 무슨 소용이겠는가.

기차는 이 층으로 된 침대차여서 식사를 할 때는 아래층으로 내려왔는데, 일 층에서 식사를 먼저 한 러시아 사람 둘은 밖으로 나가 자리를 비켜주었다. 라면을 먹으려고 김치 통을 열었더니 김치가 다 사라지고 몇 조각만 남아 있었다. 젊은 남자여서 얼마나 세게 잠갔던지 뚜껑이 잘 열리지도 않았다. 나중에 들어와서는 말없이 눈만 껌벅거리고 있는 양이라니.

목탄 난로가 있는 기차

봉화 분천역에서 강원도 철암까지 한 시간 남짓 달리는 협곡 열차를 타고 평소에는 갈 일이 없던 산간 오지를 다녀왔다.

우리나라에서 가장 작은 역이라는 영원 역, 그리고 하늘이 세평이라는 승부역에 기차가 닿을 때마다 승객을 내려놓고 구경할 시간을 주었다.

산타 마을을 운영한다는 출발지 분천역 광장에는 이국적인 정경이 가득했다. 아돌프 사슴과 꽃마차, 대형풍차와 자그마한 눈썰매장까지 재미있는 즐길 거리가 많았다. 어른 아이 없이 까르르 구르는 썰매장 앞에서 나는 망설였다. 마음 같아서는 남들처럼 빙그르르 돌아 내려오고 싶었지만 잘못해서 다치기라도 하면 그런 낭패가 없다. 같이 간 동생은 재미있다고 나를 손짓했지만 조심할 나이가 되었음을 상기하고 씁쓸해져 기차를 타러 나섰다. 차 시간이 가까워지자 사람들이 어디서 나오는지 꾸역꾸역 모여들었다.

이 세 칸짜리 빨간 기차에는 산타 복장을 한 여자 승무원이 있었다. 그녀가 장작을 두어 개 가져오더니 불타고 있는 난로에 넣었다. 장작을 때는 목탄 난로가 있는 기차는 낯설고 신기했다.

기찻길 아래로는 제법 까마득한 계곡이 얼음에 덮여 있고 드문드문 집들이 지나가는데, 승무원은 마이크를 잡고 해설사처럼 설명을 이어갔다. 지붕에 설치된 태양광을 이용해 전기로 움직인다는 기차는 사방이 유리로 되어있어 바깥 경치를 마음 놓고 볼 수 있었다.

가다가 터널에 들어서면 음악과 함께 천장에 장식된 야광별이 반짝거렸다. 그 환상적인 분위기가 좋아 터널이 기다려지곤 했는데, 굴이 자주 나타났던 걸 보면 그곳은 첩첩 산중, 쉽게 찾아갈 곳은 아니었다.

기차가 역에 닿으면 십분 간 정차하겠다는 방송이 나오고 그러면 우리는 우르르 내려 동네 사람들이 파는 말린 나물도 사고 삶은 옥수수를 사 먹기도 했다.

이렇게 기차를 내렸다 타노라니 시베리아의 푸른 눈이라는 바이칼호숫가를 달리던 생각이 났다. 느릿느릿 가는 기차, 내려서 샤갈의 그림 속에 나타나는 통나무집 구경도 하고 사진을 찍다가 다시 기차에 오르곤 했다. 자작나무숲과 야생화가 지천인 곳, 나는 토끼풀을 뜯어 와서 옆자리의 눈이 파란

아이에게 꽃반지를 만들어 주기도 했다. 어떤 곳에서는 한 시간도 넘는 자유 시간을 주어서 사람들은 수영도 하고 물수 제비도 뜨며 한가함을 즐겼다.

백두대간을 달리는 이 협곡 열차 안에도 과자랑 군것질거 리를 파는 매점이 있었는데, 환 바이칼 유람 열차 그 안에서 도 한글로 쓰여진 '도시락' 라면을 팔았다. 러시아 남자가 끓 여 주던 라면, 반가움 탓이었을까 맛은 그만이었다.

굽이 굽이를 돌아가던 열차가 우리나라에서 제일 작은 역 이라는 양원역에 섰다. 함석지붕으로 된 대합실, 개통될 당 시에는 역이 없어서 장을 봐 가던 주민들이 기차가 이곳을 통과할 때 짐 보퉁이를 창밖으로 던져 놓고 다음 역에 내려 되돌아와서 짐을 챙겨갔다는 곳이다. 역을 만들어달라고 민 원을 넣어 동네 사람들이 돈을 모아 세웠다는 간이역, 세상 에 이렇게 작은 역이 있다니, 바깥벽에 장작을 쌓아둔 것이 꼭 단칸방 같아 보인다. 컨테이너 크기만 할까. 그 옆에는 짚 으로 지붕을 이은 장터에서 막걸리며 감자떡 등 먹을거리를 팔고 있었다.

기차에 다시 오르자 강줄기가 따라오고 간혹 나타나는 시 골집을 보며 가다 보니 승부역에 닿았다. 역 구내에는 커다 란 돌에 어느 역무원이 썼다는 글이 시비처럼 새겨져 있다.

승부역은
하늘도 세평이요
꽃밭도 세평이나
영동의 심장이요
수송의 동맥이다.

산들이 얼마나 높이 둘러싸 있으면 하늘이 세평으로 보일까. 광대한 하늘을 넓이를 재는 도구로 재단한 걸 보면 그 승무원은 시인이었던 것 같다. 하늘을 올려다보지 않을 수 없었다.

기차는 경북에서 강원도로 넘어가고 있었다. 우리나라에서 유일하다는 아연 제련소가 있는 석포를 지나 종착역인 철암역에 들어선 것이다. 갑자기 바깥 경치가 바뀌어 시커먼 탄들이 산처럼 쌓여있는 광경이 차창 가득하다. 석탄 광산이 있어 한때 많은 사람들로 붐볐다는 곳이다. 승객들은 이곳에 모두 내려 맞은편 승강장으로 자리를 옮겨 때맞춰오는 부산행 무궁화호를 타고 분천역으로 돌아왔다.

그렇게 외진 산골에도 사람이 살고 있다는 사실이 따뜻하게 다가온 하루였다.

이 푸른 별에서

여행의 설렘과 호기심이 한순간에 가라앉는 경험은 처음이었다.

민예품을 파는 상점과 음식점이 즐비한 관광지에서 아기를 안고 동냥에 나선 앳된 여인과 마주치자 내 속에서 쿵- 소리가 났다. 보스니아에서의 일이었다. 세계문화유산인 모스타르다리 근처에 불쑥 나타난 여인을 보자 나도 모르게 가까이 다가갔다.

풍광이 아름답고 안정돼 보이는 동유럽의 다른 나라를 거쳐 오다 문득 마주친 전쟁의 참상은, 세월 저편에 자리한 우리의 모습을 불러내고 아직도 진행되고 있는 이 땅의 상흔을 보여주고 있었다.

총탄 자국이 남아있는 건물과 하얀 십자가가 끝도 없이 박혀있는 공동묘지가 있던 곳, 우리나라에도 철원에 있는 공산당사에 벌집 같은 자국이 남아 있고, 금강산 가는 길에 보았던 소나무에도 총탄 자국이 있던 기억이 난다.

보스니아는 옛 유고연방이 해체될 즈음 국민투표를 통해 독립을 선포했는데, 인구의 30%를 차지하는 기독교도인 세르비아인들은 그 투표에 불참하고 분리 독립을 주장하며 내전에 돌입했다고 한다. 해방이 되면서 남과 북으로 갈라지고 결국엔 서로를 향해 총부리를 겨누던 우리와 닮았다. '인종 청소'라는 기치를 내걸고 국토의 반 이상을 차지한 세르비아인들, 전에는 한 나라 안에서 무스림과 결혼도 하고 사이좋게 지냈다는데 그 전쟁으로 25만 명이라는 사람이 죽었다고 한다. 우리는 그보다 몇 배나 많은 사람이 희생됐고 그때 헤어진 가족들이 오매불망 그리워하다 세상을 떠나고 있다.

그나마 그곳에 모스타르라는 관광지가 있어 다행이다. 피폐해진 동네에 구경꾼들이 활기를 선사하고, 얼마라도 수입이 생기면 다시 일어서는 데 도움이 되지 않겠는가.

전쟁의 풍화 속에 조명을 받게 된 모스타르다리, 오백 년도 전 오스만제국 때 나무로 만든 것을 석재로 바꾸어 오늘에 이르렀는데 내전 때 폭파됐다고 한다. 강 아래 떨어진 돌들을 주워 다시 만든 아치형의 다리는 세계문화유산으로 거듭나 '잊지 말자 1993'이라는 팻말을 안고 있었다. 우리 어릴 때 무수히 들었던 '잊지 말자 6·25'를 연상케 하는 문구였다.

사람뿐 아니라 천지가 상처를 입는 전쟁, 그 광란의 춤을 막을 길은 없을까. 새삼 인간의 잔인함에 생각이 미치고, 더구나 동족끼리 죽고 죽이는 살인극을 벌이는 이 지구의 내력에 전율이 왔다.

사실 전쟁으로 갖은 고난을 겪는 사람은 따로 있기 마련이다. 그 여인뿐 아니라, 70년이 지난 지금까지도 일본의 사과를 받아내지 못한 정신대 할머니들이 한을 안고 저세상으로 가고 있다.

눈을 돌리면 아프리카에서 내전을 피해 낙엽 같은 배를 타고 오다 바다에 가라앉았다는 보도가 끊이지 않고, 해변에 밀려온 어린아이의 주검이 만인의 가슴을 울리는 이즈음이다. 다행히 육지에 닿았다 하더라도 난민촌에서 기약 없는 날을 보내는 사람들의 참상을 접한 게 어제오늘의 일이 아니다. 언제쯤이면 끝이 날지 아니 끝날 일이 아닌지도 모른다.

제주도에 도착한 예멘 사람들을 난민으로 받아들여야 할지 말지를 놓고 시끌시끌한 오늘이다. 만약에 육이오 전쟁 때 피난민이 몰려왔던 부산이 적에 함락됐더라면 우리는 어디로 가야 했을까.

인간의 역사는 전쟁의 역사라 해도 과언이 아니다. 할 일이 없으면 닭싸움이라도 붙여야 직성이 풀리는 인간의 심저에는 누구를 죽이고 말겠다는 잔인한 열망이 내재해 있음에 틀림없다.

우주에 최초로 발을 디뎠던 소련의 우주비행사 유리 가가 린은 우리가 다투고 살기에는 지구가 너무 작더라는 일성을 토하지 않았던가. 그 뒤 태양계를 벗어나며 보이저2호가 보내온 사진에는 지구가 눈 씻고 봐야 할 만큼 작은 먼지였는데, 여기서 우리는 왜 서로에게 총부리를 겨누는 것일까.

그냥 사이좋게 살면 좋을 텐데. 이 작은 푸른 별에서.

된장국을 탐내다가

그날은 어쩌다 멀건 된장국에 눈이 꽂혔을까. 노르웨이의 항구도시 베르겐이라는 곳이었다. 6백 년 된 어시장이 있다는 그곳으로 가는 길목에, 이목구비가 큼직한 여자 교민이 경마장 식당을 빌어 한철 밥장사를 하고 있었다.

유명하다는 노르웨이의 연어를 선뜻 한 접시 더 내놓던, 동포라서 반가운 음식점이었다. 이틀에 한 번쯤은 우리 음식을 먹게 되는데도 빵만 먹다가 만나는 밥은 반가웠다.

된장에 배추를 넣어 끓인 멀건 된장국을 큰 그릇에 담아 덜어 먹으라고 내놓았는데 그 국이 남았다. 밑반찬으로 가져간 가죽장아찌가 동이 난 뒤라 빈 통에 국을 담아가면 니글니글한 양식을 먹을 때 좋을 것 같아 플라스틱 반찬통을 씻어달라고 부탁을 했다. 그때 마침 여주인은 자리를 비워서 일하는 사람에게 손짓으로 설명을 하고 있는데 주인이 돌아왔다.

그릇 씻는 까닭을 듣더니 주방에 있는 국을 떠 주겠다고 했다. 나는 사양했다. 먹던 게 남아있어서 그걸 가져가려 한다고 했더니, 새로 떠 주겠다면서 그 뜨거운 국을 부득부득 담아주었다. 숟가락을 댄 것도 아니라 해도 막무가내였다. 어찌 이리 먼 곳에 와 사느냐고 한마디 했더니, "그러게 말이에요" 하며 주고받은 말이 아직 가슴에 남아있다.

플라스틱 통에 담긴 뜨거운 국은 그릇을 찌그러뜨리고 그것을 싼 비닐봉지 밖으로 스며 나와 버스 바닥에 한 방울씩 떨어지기 시작했다. 난감한 일이었다. 옆자리에 앉은 남편이 눈치를 채고 이게 무슨 냄새냐고 물었다. 그러면서 왜 버리지 않느냐고, 운전사가 알면 어쩌려고 그러느냐며 몰아붙였다. 베르겐이라는 곳에 내렸을 때 버릴 수도 있었는데, 손대지 않은 국을 담아주고 싶어 하던 그 여인의 정을 생각해서 한 모금이라도 먹고 버리리라 했던 것이 난처한 지경에 이르고 말았다.

울창한 숲과 호수가 더없이 아름다운 경치를 보다가도 방울방울 떨어지는 된장국을 살피느라 마음이 바빴다. 버스 바닥을 더럽히고 있으니 여간 신경 쓰이는 게 아니었다. 진한 냄새라도 났으면 남들이 금방 알아차렸을 텐데, 그나마 된장이 많이 들어가지 않아 다행이었다. 외국인 운전사가 알게 되면 현지 가이드는 물론, 한국에서 따라간 가이드까지 입장 곤란하게 생겼다. 된장국을 한 모금 먹기는커녕 마음만 졸이

다가 결국 통째로 쓰레기통에 버리고 말았다.

사람마다 인연 따라와 살게 마련인데, 먼 곳에 와 사는 내 나라 사람을 만나면 나는 왜 그렇듯 마음이 아린 것일까. 이 맘때면 수레에 담겨있던 노란 참외가 그립다는 현지 가이드는 세상 어디를 가도 그렇게 노랗고 물이 많은 참외는 없다면서, 밍밍한 멜론이 전부인 서양에 살면서 그리운 풍경 중에 하나라며 고국을 그리워했다.

사람은 어쩌면 스무살이 될 때까지의 기억으로 사는지 모른다. 세상으로 나가기 전, 모든 게 처음이고 보는 것마다 새롭던 그 시절, 나 또한 자라던 곳, 동래를 잊지 못한다. 비가 오면 연잎을 따 머리에 얹고 학교 가던 길, 미나리깡이 많아 겨울에도 푸르던 들판, 그때 함께 놀던 친구들이 그립고, 그런 친구들은 사회에 나와서 사귄 사람과 비교가 되지 않는다. 어릴 적 친구를 만나면 그들의 부모님과 그 집이 떠오르고 함께 놀던 마당까지 어제인 듯 한달음에 달려오기 마련이다. 그런데 아예 그곳을 떠나 남의 나라에 산다면 얼마나 적막할까.

길을 가다 옛 친구도 만나고 때로는 친구 동생을 만나 부모님 안부도 물으며 사는 것이 내 나라에 사는 복임을 알게 된다.

언젠가 자갈치에서 전어를 사고 있었다. 손바닥만 한 것이 구워 먹으면 맞춤인 크기였다. 장사가 장만하고 있는 곁에,

등산 가방을 멘 웬 남자가 서 있더니, "고거 구워 먹으면 딱 맞겠다"고 하면서, 어디다 구울꺼냐고 물어서 프라이팬에 할까 한다고 했더니, "에이, 연탄불에 구워야 맛이 나지요" 한마디 하고 가버렸다. 그 말을 듣자 나도 모르게 미소가 번졌다. 전어를 석쇠에 얹어 연탄불에 구우면 맛있다는 걸 알고 있는 사람들이 사는 곳, 생선 다듬는 곁에 붙어 서서 말 참견을 하고 가는 곳, 떠나 살면 이런 내 나라가 어찌 그립지 않겠는가.

이목구비가 크던, 노르웨이에 살던 중년의 그 여인도 정이 앞서서 뜨거운 국을 플라스틱 통에 담으면 어떻게 된다는 걸 깜빡 잊었을 것이다.

3, 언제나 처음

몸의 표정

대중목욕탕에 갔더니 전에는 예사로 보이던 여자들의 몸이 눈에 들어왔다. 코로나 사태로 사람 모이는 곳을 피하느라 몇 해 만에 가서 그랬을까. 아니면 허리가 아파 탕 속에 몸을 담그고 있는 시간이 많아서 그럴까. 그 몸들이 말을 걸어오고 있었다. 삶의 흔적이 묻어 나는 몸을 보면서 여자의 일생을 한눈에 보는 느낌이었다.

젊은 한때, 생명을 잉태했던 아랫배는 군살이 붙어 늘어졌고, 아기 젖 물리던 가슴은 빈 젖이 되어 쭈그러들었다. 어떤 이는 젖가슴 한쪽이 없다. 암을 앓았으리라. 배꼽 밑에 직선으로 수술 자국이 선명한 것은 제왕절개로 아기를 낳은 흔적이고, 옆으로 길게 자국이 난 사람은 자궁을 들어냈을 것이다. 내 옆구리에 어슷하게 난 금을 보고 때밀이가 어디를 수술했느냐고 물었는데, 오래전에 신장결석 수술을 받은 자국이다. 요즘은 신장에 돌이 생기면 쇄석실에서 두드려 깨지만 옛날에는 수술만이 길이었음을 어쩌랴. 살다 보면 온전한 몸 지니기 어려운 줄을 몸들이 보여주고 있었다.

나이 든 여자들 중에는 열 달 된 아기를 밴 사람처럼 배가 부풀어 있는가 하면, 그 아래 한때 무성했던 숲은 사라지고 여자아기 잠지처럼 밋밋한 동산이 자리하고 있다. 그 숲의 상태만 봐도 굳이 얼굴을 볼 필요가 없다. 무성한 숲은 그 역할이 한창때임을 증명하고 듬성듬성하면 이미 그 시절을 지나왔음을 뜻하기 때문이다.

늙은 여자들은 무릎이 아파 절뚝거리기도 하고 허리 수술을 했네, 수술을 하라 하네, 마주 보고 앉아 아픈 타령이 한창이다. 몸으로 한평생을 살아내느라 저렇듯 망가진 몸을 자식들은 알까. 늙어서 늘어지고 쭈글쭈글해진 몸을 보고 있으면 그 살아온 한평생이 보이는 것 같아 애달파진다. 한때는 젊고 풍만했을 몸이 자식 키우랴 집안일 하랴 찌그러진 할머니들의 몸, 이제 돌아갈 일만 남은 육체를 보는 일은 슬프다.

나 또한 백두산 등산을 가서 열세 시간을 걸었고, 4천 미터가 넘는 코타키나발루를 올랐던 몸이 뒷산으로 산책도 못 갈 정도로 낡았다. 요즘은 걷기가 힘이 들어 병원 가는 길에도 택시를 탄다. 이런 날이 올 줄 예상이나 했던가. 제사라도 들면 자갈치까지 가서 장 본 물건들을 낑낑대며 들고 차를 갈아타고 오던 그때, 택시라도 탈 엄두를 냈더라면 이렇게 몸이 망가지진 않았을텐데. 몸을 함부로 대접한 벌을 지금 받고 있다.

남자들의 몸은 어떨까. 여자들처럼 나이에 따라 다른 몸매를 하고 있을까. 남편에게 한번 물어봐야겠다.

간혹 비너스 같은 몸매를 한 아가씨가 목욕을 오면 그 날씬하고 아름다운 곡선에 눈이 간다. 젊은 남자아이들이 그렇게 보고 싶어 하는 여자의 몸, 병적이긴 하지만 여자 화장실에 몰래카메라를 설치하기도 하고 여선생님 치마 밑에 핸드폰을 들이미는, 성적 대상으로만 바라보는 그 시선을 생각해 보게 된다. 수영복을 입혀서 무대에 세워놓고 심사를 하는, 미스코리아를 뽑는 그런 한심한 행사가 아직도 계속되는 한, 남자들의 그 시선을 어찌 나무랄 수 있을까.

젊고 굴곡이 살아있는 몸을 보면 사람의 몸이 예술작품 같다는 생각이 든다. '목욕하는 여인'을 그린 화가 르누아르는 실제로 이런 여인들의 몸을 보고 그린 것일까. 나이 들어 알맞게 풍만한 몸을 보면 물오른 여체의 향기가 느껴지기도 한다. 누드를 그린 서양 사람들은 여체가 주는 의미를 일찍이 간파했던 것일까. 동양화에는 나체를 그린 그림을 보지 못했는데, 인간을 바라보는 시선이 그렇게 다를 수가 있을까. 로댕 같은 조각가는 여자뿐 아니라 남자 몸도 작품으로 남긴 걸 보면 서양 사람들은 인체를 보는 시선이 우리와 달랐던가 보다. 피렌체의 시뇨리아 광장에 늠름하게 서 있던 미켈란젤로의 젊은 청년, 다비드상을 보면서 인체가 갖는 아름다움을 새삼 느꼈던 기억이 난다.

이런저런 생각을 하고 있는데 너댓살된 딸애를 데리고 젊은 엄마가 목욕을 왔다. 인형을 안고 목욕 가던 내 딸처럼 고래 장난감을 안고 있다. 배가 봉긋한 젊은 여인은 임신을 한 듯, 몸 안에 생명을 잉태하는 여자의 몸은 얼마나 신비로운가. 그러나 뱃속에 자식을 품고 열 달을 견디는 일이 쉬운 일이 아닌 줄 아는 까닭에 그 여인이 예사로 보이지 않았다.

새 생명이 세상에 나오면 어떤 일이 전개되는지 나는 미처 알지 못했다. 친정, 시집 형제 중에 처음으로 애기를 낳아서 더 그랬을 것이다. 갓난쟁이를 먹이고 키우고 그것들이 자라면 어떤 일이 벌어지는지 모른 채 정신없이 살았다. 당하지 않으면 알 수 없는 것이 인생이라는 생각, 몸으로 살아내지 않으면 터득할 수 없다는 걸 자식들이 자라 제 갈 길로 가버린 지금에야 알게 된다. 삶이라는 게 이렇게 전개되는 것이구나 하고 뒤늦게 알아차린 게 전부다. 그러나 곰곰이 생각해 보면 아이는 제 생명력으로 자라나고 나는 곁에서 도와주었을 뿐, 그러기에 자라면 부모 곁을 떠나 제 갈 길로 가는 게 아닌가.

어떤 무엇보다 몸만이 증명하는 삶, 몸으로 그 세월을 살아낸 여자들의 맨몸을 보면서 나는 삶의 관조자가 된다. 태어나서 자라고 병들며 늙어가는 인간의 모습을 처음 보듯이 보면서, 어떤 물체든 그 역할을 다하고 나면 허물어지는 세상 이치를 짐작하게 된다.

모양 있는 것은 모두 허망하며 모양이 모양 아닌 줄 알게 되면 부처를 보리라는 불경의 한 구절을 떠올리며, 언제쯤 되면 그런 경지에 가 닿을 수 있을지 이 세상 떠나기 전에 그런 깨달음에 도달해야 될텐데.

사람들의 반응

서울에 사는 동기생 한 명이 흔적 없이 사라진 일이 생겼다. 그날 남편과 같이 집을 나섰다는 데, 친구 만나러 간다고 간 사람이 돌아오지 않았던 것이다. 오후 네 시경 딸의 전화를 받고 영화를 보고 있다고 했다는데 그것이 가족과 나눈 마지막 통화였다.

집안이 발칵 뒤집힌 건 물론, 주위의 친구들도 아는 사람들도 모두 놀라고 영문을 몰라 허둥거렸다고 한다.

경찰에 가출 신고를 하자, 집 근처 지하철역에서부터 그날의 동선이 CCTV에 잡혔는데, 여기저기를 왔다 갔다 한 흔적이 있었고 밤 아홉시 반쯤 엉뚱한 곳에서 핸드폰의 전원이 끊겼다고 했다. 혹시 납치를 당하지나 않았는지 걱정하는 가족에게 얼굴표정이 밝은 걸로 봐서 그건 아닌 것 같다며, 가출한 경우 돌아오기도 하니 너무 걱정하지 말고 기다려보라고 했다고 한다.

현상금을 내놓고 여기저기 현수막을 걸고 전단을 만들어 곳곳에 붙이며 온 가족이 혼비백산하여 설쳤다는데, 소식 없이 날들이 지나고 있었다.

칠십이 넘은 친구가 한마디 언질도 없이 그렇게 사라져버린 사실이 무슨 수수께끼 같았다. 사람들은 세상에서 일어날 만한 일들을 떠올렸다. 바람이 났나? 그 나이에 무슨, 채무 관계가 있었을까, 혹시 사기를 당한 건 아닐까, 평범한 주부로 평생을 살아온 친구를 두고 추측 가능한 온갖 상상력을 동원했지만 결론은 아무것도 모른다는 사실 뿐이었다.

별달리 친하게 지낸 사이가 아닌데도 그 일이 머릿속에서 맴돌았다. 무슨 소식이라도 오는지 기다리는 동안, 관심 있게 다가왔던 것은 나를 비롯한 주위 사람들의 반응이었다.

젊었을 때 얼핏 "늙으면 절에 가서 불이나 때주고 살았으면 좋겠다"고 한 적이 있다는데, 그 말을 듣고 나도 모르게 "꼭 꼭 숨어라"라는 말이 튀어나왔다. 걱정하는 친구들 앞에서 할 말은 아니었다. 어쩌자고 그런 말이 나왔는지.

죽지 않고는 결코 떠날 수 없는 가족이라는 울타리, 오만가지 일을 겪으면서도 내 몫의 삶을 살아내야 하는 것, 할 일다 끝내고 나니 내 죽을 일만 남더라고 누군가 말했지만, 그렇다고 이혼이 다반사가 된 이즈음의 세태를 나무랄 일만은 아니다. 그러나 구세대의 대열에 서게 된 칠십에 이르러 스스로 갈 길을 찾아 떠난다는 건 여간한 용기가 아니다. 은연중 부러웠던 것일까.

꼭 그렇게 하겠다면 가족에게 말하면 되지 이렇게 사라질 일은 아니지 않느냐고 누군가 반격을 했다. 간다고 하면 쉽게 보내줄 가족이 몇이나 될까. 우선 늙은 남편부터 가당키나 한 일이냐고 붙잡을 것이고 자식은 자식 대로 잘못한 일이 있었다면 앞으로 잘하겠다며 길을 막을 것이다.

그럴 생각이었다면 속옷이라도 챙겨가지 않았겠느냐고 한 친구가 말했다는데, 사실을 알 수 없는 일을 두고 각자 소견 발표를 하고 있었다.

학교 다닐 때부터 친하게 지냈고 오랜 날 계 모임을 하며 한 달에 한 번씩 만났다는 한 친구는 "집을 나갈만한 일이 전혀 없다"고 단정적으로 말했다. 사는 형편도 그만하고 자식도 잘 키웠으며 성품도 밝다고 했다. 그 집 사정을 속속들이 알고 있을 만큼 친하다는 뜻이겠지만 밖으로 드러나는 그런 여건들을 아는 것이 아는 것일까. 사람을 안다는 것은 어디까지를 안다는 것일까. 그러면서도 어떤 사람에 대해 그렇게 단정적으로 말하는 그 친구가 부러웠다. 나는 누군가에 대해 그렇게 자신 있게 말할 수 있는 사람이 몇이나 될까. 그 친구는 그 뒤로도 "그럴 이유가 전혀 없다"는 말을 반복하면서 "전혀"라는 말에 힘을 주곤 했다. 그 말을 들으면 들을수록 어떤 한 사람을 두고 그렇게 단정적으로 말할 일은 아니라는 생각이 들기 시작했다. 같은 일을 겪어도 자라온 환경에 따라 처지에 따라 사람마다 느낌은 다른 것, 죽을 듯이 괴로워하는 사람이 있는가 하면 대수롭지 않게 넘기는 사람도 있음을 나는 상담 장면에서 무수히 보아왔다. 유복하게 자랐다고는 하지만, 살면서 어떤 일로 어떤 상처를 받았는지 그 일로 심경에 어떤 변화가 있었는지 그 속을 누가 안단 말인가. 본인조차 의식하지 못하는 경우도 있는데.

자식들은 이미 독립을 했고 집에는 남편과 둘이 사는데, 집을 나갔다는 것은 남편과의 사이에 문제가 있거나 애정이 없었다는 뜻이 아닐까 하고 의구심을 드러내는 내게 예의 그 친구는, 평소에 남편 험담하는 걸 못봤다면서 다 늙어 무슨 애정이 있어 사느냐고 오히려 나를 공박 했다. 애정이라는 말이 적절치 않다면 정이 없었던 건 아닐까. 젊어서는 기고만장하던 남자가 나이 들어 힘없이 집에 머무는 걸 보면 불쌍한 정이 생기던데.

나는 무엇보다 평생을 같이 산 남편이 아무 눈치도 챌 수 없을 만큼 그렇듯 태연하게 집을 나설 수 있다는 게 믿어지지 않았다. 뒤돌아보며 갔을까. 그러나 다시 생각해 보니 그런 건 평상심일 때 얘기고 무슨 일로 성이 나 있었다면 남편이고 뭐고 안중에 있을 턱이 없다. 날벼락을 맞은 그 댁 남편은 거의 실신할 지경에 이르렀다고 했다.

아무튼 내게도 그 일은 충격이었던지 평소 친하게 지내는 분을 만나 담소를 나누는 중에 그 얘기가 나왔다. 듣고 있던 그 분은 "딱 좋은 나이다"라고 말해 나를 놀라게 했다. "나는 나이가 많아서"라는 말을 덧붙이면서. 집에 돌아와서도 그 말이 맴돌았다. 팔십이 넘은 그 분도 나처럼 이 얽매임에서 떠나고 싶은 마음을 은연중 가지고 있었던 것일까. 삶이란 무엇일까. 스스로는 떠날 수 없는 이 굴레, 평소에 나는 감사한 마음으로 살고 있는데 그건 거짓일까.

아무 소식도 없이 날들이 지나고 있었다. 아들이 이혼을 하고 손녀는 며느리가 데리고 갔다는 새로운 사실이 가족들 입에서 나왔고, 친하게 지낸 누구도 몰랐던 일이어서 마음 터놓고 지낸 몇몇이 섭섭해했다고 한다. '그 일로 얼마나 속이 상했을까'가 아니고 '어떻게 나한테까지 그런 말을 안 할 수가 있을까' 하며 배신감을 느꼈다는 말을 전해 들었다.

집을 나가기 두어 달 전부터는 친구 모임에도 오지 않고 전화도 잘 받지 않았다는데, 이번에 알고 보니 몸이 아파 병원에 입원과 퇴원을 반복해도 뚜렷한 병명은 나오지 않고 체중이 줄고 잠을 못 자 우울증이 있다는 진단을 받았다고 했다. 집 떠날 생각에 우울해졌는지, 우울해서 집을 나갔는지 아는 사람은 없다.

살았는지 죽었는지 모른다는 건 얼마나 애간장이 타는 일일까. 일손을 놓고 천지사방을 헤매고 다니던 자식들도 직장으로 돌아가고 어딘가에서 잘 살고 있으리라는 위안을 하며 기약도 없는 기다림의 세월 속으로 들어갔다. 그러고 보면 장례식이라는 의식은 헤어짐을 받아들이고 슬픈 가운데서도 산 사람은 마음 놓고 자기의 삶을 계속해 가는 절차라는 사실이 새삼스러웠다.

한 사람의 인생이 그렇게 사라졌지만, 다른 사람에게는 이야깃거리에 불과한 사태를 지켜보면서, 사람들은 어떤 일이든 자기 입장에서 바라볼 뿐이라는 사실이 서늘하게 다가왔다. 우리가 온전히 누군가의 입장이 된다는 건 불가능한 일, 그 친구는 아마도 그런 이치를 알고 있었는지도 모른다. 그래도 누군가에게 마음을 털어놓았다면 고통의 무게가 덜어져 이런 극단적인 선택은 하지 않지 않았을까 하는 아쉬움이 남는다.

혼자 계획하고 혼자 떠나기까지 그 절체절명의 고독과 고통이 어떠했을지 짐작이 되지 않는다. 손댈 것 하나 없이 살림살이가 정리돼 있더라는 뒷이야기를 들으며 그렇듯 작정하고 떠날 수밖에 없었던 어떤 필연이 있었는지, 아니면 자식들 가슴에 평생 남을 고통보다 더 견딜 수 없었던 자신의 고통이 있음을 말하고 싶었는지 알 수가 없다.

생각의 한계

아파트 뜰에 노란 수선화 한 송이가 피었다. 출입문 바로 곁에서 봄소식을 전하고 있다. 들고 날 때마다 눈길을 끄는 게 여간 정답지 않다.

다른 꽃들이 피기 전인 데다 딱 한 송이가 피어서 그 귀한 모습에 눈이 자주 가던 어느 날, 꽃이 사라져버렸다. 나갈 때 보고 갔는데 올 때 보니 없었다. 순간, 분기탱천하는 심정이 되었다. 누가 저런 짓을 하지 두 송이도 아닌 딱 한 송이였는데. 밤 잠자리에 들어서도 생각이 가시지 않았다. 수선화는 뿌리 식물이니 손으로 간단히 뽑히지 않았을 텐데, 그렇다면 외부에서 온 사람이 한 짓은 아니지 않을까. 손 삽이라도 있어야 뽑혔을 테니 주민의 짓이라는 생각이 들자 나 혼자만 보겠다고 꽃을 뽑아간 그 심사가 얄밉기 그지없었다. 이튿날 아침 일어나자마자 노란 포스트잇에 '수선화 누가 파갔습니까'라고 써서 아파트 현관에 붙였다. 바깥쪽에 붙이면 바람에 날아갈까봐 유리문 안쪽에 붙였다. 출입구가 두 군데여서 두 장을 써 갔다. 청소부한테는 떼지 말라고 일렀다.

며칠을 오며 가며 꽃이 있던 자리를 눈여겨보았더니 꼬챙이가 하나 눈에 들어왔다. 저걸로 팠을까. 그렇다면 외부에서 온 사람일 수도 있겠다는 생각이 들었다. 벌건 대낮에 남의 아파트에 있는 꽃을 파다가 주민한테 들키기라도 하면 어쩌려고 그랬을까. 이렇듯 그 일에 꽂혀있던 어느 날 문득, 지난 일이 떠올랐다.

봄이면 뒷산에는 나물 캐는 사람들이 심심찮게 보인다. 처음에는 쑥을 캐지만 봄이 무르익을수록 산나물을 캔다. 하루는 다가가 무슨 나물이냐고 물은 적이 있다. 부지깽이나물을 하나 얻어서 눈여겨보며 나도 캤다. 날마다 산책을 나오면서도 보이지 않던 것들이 여기저기 제법 눈에 뜨였다.

하루는 산책 나온 것도 잊어버리고 나물 캐는 데 재미가 붙어서 분주히 찾아다녔다. 날마다 지나다니던 오솔길 옆에 쏠아부은 듯이 있는 걸 발견하고 자리 옮길 생각도 않고 정신없이 캐고 있었다. 이런 나를 유심히 보고 있었던 듯, 어떤 영감이 그렇게 씨를 말리면 내년에는 어떻게 하느냐고 한마디 했다. 좀 남겨 두어야 씨도 맺지 하면서. 거기까지 생각이 미치지 못했던 나는 한 대 얻어맞은 기분이었다. 산나물 캐는 재미에만 빠져 그런 이치는 생각할 겨를이 없었음을 알

아차리고 부끄러운 마음이 들었다. 그 뒤로는 봄이 돌아와
도 산나물 캐는 일은 하지 않게 되었다. 먹고 싶으면 사 먹
으면 되고.

 수선화를 파 간 사람도 내 눈에 예쁘니 내 집에 가져가자는
단순한 생각을 했을 것이다. 다른 사람들도 본다는 데 생각
이 미쳤다면 그런 짓을 하지 않았을 테니까. 눈앞에 보이는
것만 생각하고 산나물을 있는 대로 캐는데 몰두하던 나처럼.
이런 이기심에서 벗어날 길은 없는 것일까.

 며칠 전 엘리베이터에서 민첩하게 행동하던 여자아이 생각
이 난다. 문이 열렸는데 사람은 타지 않고 문이 닫히려는 순
간, 뒤쪽에서 예닐곱 살 되는 여자아이가 재빨리 나와 버튼
을 눌렀다. 밖에는 짐이 많아 두 손으로 짐을 들어 올리고 있
는 노인이 보였다. "아주 빠른데" 하며 칭찬하는 젊은 엄마
목소리가 들렸다. 더 놀라운 것은 그다음에 일어났다. 3층쯤
왔을 때 많은 사람들이 한꺼번에 타려 하자 예의 그 젊은 엄
마가 우리가 내려야겠다면서 아이를 데리고 내렸다. 일 층에
도착했을 때, 그 모녀는 계단을 걸어 내려오고 있었다. 그들
이 내려오기를 기다렸다가 어찌 그리 이쁘게 사느냐고 한마
디 했다. 아직 젊은 나이에 남을 먼저 배려하는 모습이 여간
기특하지 않았다. 같은 상황에서 다른 사람들은 우두커니 보
고만 있었는데. 그 젊은 모녀를 보면서 수선화를 파 간 사람

이나 산나물에 혹해서 뒷생각을 않던 나나 같은 부류임을 깨달았다.

생각이 여기에 미치자 출입문에 붙여둔 포스트잇을 떼어 버렸다. 그리고 다음날 장에 가서 수선화를 두 포기 샀다. 꽃대가 올라와 있었다. 현관문 양쪽에 한 포기씩 심어놓고 오며 가며 물을 준다. 그러면 올해도 내년에도 수선화를 보게 되겠지.

도적들

붕괴된 신축 아파트 공사장에 사람이 다섯 명이나 깔려있다는데, 구출하지 못한 채 열흘이 지나고 있다. 몸뚱이 하나로 벌어 먹고사는 사람이 어찌 인부뿐일까마는 이런 참상을 겪는 사람을 보고 있으면 내 일 인양 마음이 쓰린다. 사람 사는 세상이 불공평하다는 생각이 먼저 드는 것도 내가 어쩔수 없는 서민이어서 그럴 것이다. 어떻게 하든 자식 공부시키려고 부모들이 눈에 불을 켜는 것도 저런 공사판이 아닌, 몸으로 때우지 않고도 밥벌이를 하며 살 수 있기를 바라기 때문일 것이다.

쾌적한 사무실에 앉아 펜 끝으로 먹고사는 사람도 그 나름의 애로가 있겠지만, 이럴 때는 50억이라는 어마어마한 돈을 퇴직금으로 준다는 도둑놈들 생각이 난다. 이권 없이 그만한 돈이 올 리 없는데, 많이 배우고 좋은 자리에 앉은 인간들에겐 이 정도의 돈이 오가는 건 예사로운 일인 듯하다. 말

한마디로 뒷배가 되어줄 수 있는 아버지를 국회의원으로 둔 아들의 퇴직금 이야기를 들으면 몸으로 때울 수밖에 없는 사람들의 생명 값은 도대체 왜 그리 싼 것인지. 살아있을 가망조차 없는 그 인부들 생각하면 울분이 치솟는다.

국민총생산이 세계에서 몇 번째 간다는 말이 이렇게 허황하게 들릴 수가 없다. 삼풍백화점이 무너지고 성수대교가 끊어지던 날로부터 한 치도 나아지지 않은 게 아닌가. 건물에 사람들이 입주한 뒤에 이런 사고가 나지 않은 게 천만다행이다. 무너진 건물더미에 사람이 갇혀 있는데 몇 날이 지나도록 구출해 줄 능력도 없으면서, 빛 좋은 개살구지 나라 잘사는 것이 무슨 도움이 될까. 백 층짜리 건물을 올리고 세계에서 몇 번째 가는 길이의 다리를 놓는다는 자랑스러운 이나라에서 무너진 건물을 치우고 사람을 구출하는 데는 어찌이리 더딜까.

몇십억을 아이 이름쯤 아는 인간들은 이런 고초를 당할 일이 없어 좋겠다. 가난하고 힘없는 사람들이 당하고 사는 것이 어찌 어제오늘의 일일까마는 『임꺽정』을 읽으면서 조선시대나 지금이나 큰 도적은 조정에 있음을 아프게 받아들일수밖에 없음에 생각이 미친다. 임꺽정이 날뛰던 조선조 명종때, 대왕대비의 동생으로 권세가 하늘을 찌르던 윤원형이에게 가는 봉물짐을 털어보니 이 세상에 진귀한 물건은 다 들어있다고 해도 과언이 아니었다는데, 그때나 지금이나 권세 있는 사람의 사는 모습이 크게 다르지 않다.

신분 사회였던 그 시대, 임꺽정이 백정으로 살아간다는 일이 어떠했을지 짐작이 가지만, 지금이라고 다를까. 도둑질이라도 해서 돈만 많으면 대접받는 세상이니 신분의 층하가 없다고 할 수 없다. 돈이 양반인 시대다. 어떻게 보면 지금이 더 혹독하다는 생각이 드는 것은, 무너진 건물더미에 갇혀 생사를 알지 못하는 인부들을 보면서다. 그들이 만약 50억을 가졌다면 그 위험한 직업을 가졌을까. 그런 돈은 일하고 받은 수고비가 아닌 줄 세상이 다 아는 일, 높은 자리에 있으면 그렇게 어마어마한 돈이 과외로 생기는 것을, 설이 다가오는데 흙더미 속에 가족을 묻어둔 사람들 심경을 생각하면 이 세상 꼴이 야속하기 그지없다.

몇 해 전 아파트를 리모델링할 때, 일하는 사람들이 일사불란하게 자기 맡은 분야를 해내는 솜씨를 보면서 기술자구나. 하고 감탄한 적이 있었다. 싱크대 놓는 사람, 타일 붙이는 사람, 마루를 놓는 사람, 그리고 도배를 하는 사람, 각자 맡은 일을 차질 없이 해내고 있었다. 가스관을 옮겨야 할 상황이 생겨 난감할 때, 그쪽 기술자를 소개해 주어서 감쪽같이 천장으로 옮겨진 걸 보면서 내 머리로는 이해되지 않는 부분이 있음을 절감했었다. 그 기술을 연마하기까지 얼마나 오랜 날

공을 들였을까. 그런 기술자들이 건물더미에 깔려 죽어 가고 있는 것이다. 사람값은 무엇으로 정하는 것일까. 새삼 세상의 부조리가 눈에 들어오고 잠자던 의기가 충천하는 나를 본다. 웬만한 세상일에는 크게 동요되지 않을 나이가 됐는데 이번에는 왜 이럴까.

곧 설이 돌아오는데, 코로나로 인해 예전같이 가족들이 모이지는 못하지만, 그래도 서로 안부를 물으며 덕담이라도 나눌 수 있는데, 철근콘크리트 더미에 묻혀있는 사람들 생각하면 명절이라고 마음 놓고 즐거워할 수가 없다.

살아 있기를 바라기에는 너무 많은 날이 지나고 있다.

미리 내다보는 눈

며칠 전 지하철을 타고 가는 중인데, 갑자기 자지러지는 아기 울음소리가 들렸다. 놀라 그쪽을 쳐다보니 외국인 한 가족이 들어서고 있었다. 유모차에 아기를 태운 젊은 엄마와 그 곁에 올망졸망 두 아이, 그리고 커다란 여행 가방을 두 개나 밀고 들어서는 남편, 이렇게 대가족이었다.

유모차에 탄 갓난쟁이가 숨이 넘어갈 듯이 울었는데, 그 소리가 얼마나 크던지 무슨 일이 난 것처럼 보였다. 가방을 세운 아버지가 우유병을 꺼내고 물에 우유를 타서 건네자 젊은 엄마는 우유 꼭지를 애 입에 밀어 넣었다. 젖병을 물리자 그제야 울음소리가 뚝 그쳤다. 갑자기 차 안이 조용해졌다. 배가 고프면 저렇게 우는가 하는 생각이 들 만큼 큰 소리였다. 상황을 눈치챈 뒤에야 그들이 부산역에서 탔음을 알았다. 보통 저런 경우라면 택시를 탈법도 한 데, 그러기에는 인원도 짐도 택시를 탈 수 있는 여건이 아니었다.

아기 입에 젖병을 물린 젊은 엄마가 나와 눈이 마주치자 웃었다. 가무잡잡한 얼굴로 봐서는 인도나 파키스탄 쪽 사람처럼 보였다. 히잡을 쓰지 않은 걸 보면 인도 사람인가 보다 이런 생각을 하고 있는데, 옆에 앉은 여자분이 내 옆구리를 찌르면서 맞은 편 자리를 가리켰다. 나는 얼떨결에 자리를 옮겼다. 곧 아이 둘과 젊은 엄마가 우리가 앉았던 자리에 앉아 편안히 젖병을 물렸다. 그제야 나이 육십쯤 되어 보이는 그 여자에게 어찌 그리 재빠르게 그런 생각을 했느냐며 미안한 듯이 말했다. 나이를 먹어도 내가 더 먹었는데 같은 상황을 보면서 그런 판단을 하는 그녀 보기가 부끄러웠다.

서면역에서 그 외국인 가족이 내리는 걸 보며 부산 지리를 잘 아는가 싶었다. 옆자리의 그녀도 다음 역에서 내려 더 이상 아무 얘기도 나누지 못했다. 그날 집에 돌아와서도 줄곧 그 장면이 떠나지 않았다. 같은 상황을 보고도 어느 나라 사람인지 궁금해하는 나와 달리 편하게 앉아서 아이 젖병을 물리게 해야겠다는 그 여자와의 차이에 대해서. 어떤 상황을 마주쳤을 때 다음에 무엇이 필요한지를 미리 내다보는 눈은 타고난 것일까. 아니면 살면서 터득하는 것일까.

생각다 보니 문득 떠오른 장면이 있었다. 우리 집 막내딸이 자박자박 걸음을 걸을 때니까 세 살쯤 되었을까. 빗자루로 방을 쓸고 있는데 쓰레기통을 가져다 놓는 게 아닌가. 아이 셋을 키워도 이런 장면은 처음이어서 지금도 뇌리에 남아 있다. 방을 쓸면 쓰레기가 나오고 그러면 쓰레기통에 담아야 한다는 걸 미리 알고 한 행동이 아닌가. 현상 그 다음을 보고 있었다는 건데, 그렇다면 타고나는 것일까.

지하철에서 자리를 옮겨 앉자고 나를 일깨운 사람은 남의 입장을 헤아리는 눈을 가지고 살았을 것이다. 부러운 일이다.

언제나 처음

노트북 앞에 앉아 모니터를 보는 순간, 부스스한 내 몰골이 화면에 나타났다. 순간, 이게 뭐지 하는 생각에 정신이 번쩍 들었다. 강의를 듣는 몇몇 사람들 얼굴이 보이고 강사 얼굴도 보였다. 그렇게 얼굴이 모니터에 나타나는 줄 알았더라면 머리 손질도 하고 화장도 했을 텐데, 교육받는 사람 대여섯 명 중에 내가 제일 늙었고 못나 보였다. '줌'이라는 게 뭔지도 모른 채 디지털 교육을 받겠다고 나선 초보의 티가 났다. 국가에서 무료로 하는 교육이 있다는 기사를 보고 신청한 결과였다.

코로나 사태로 영상으로 하는 비대면 강의가 한창이라는 시대 흐름을 따라가 보리라 마음을 먹었는데, 사전 지식 없이 덤빈 탓에 낭패를 당한 것이다.

게다가 이런 수업은 처음이어서 강사의 설명을 따라가기가 어려워 자꾸 질문을 하는 바람에 진도를 방해하는 꼴이 되고 말았다. 강의를 같이 듣는 사람 중에는 여러 단계를 거쳐 온 사람도 있어서 더듬거리며 묻는 내게 짜증을 냈다. 미안하기도 했지만 모르는 상태로 진도가 나가면 다음 단계는 더 모르기 마련이어서, 모르니까 배우러 온 거 아니냐고 한마디 하고 말았다. 순간 분위기가 싸해졌다. 강사가 나서서 마친 뒤 따로 설명을 해주겠다며 무마를 했다.

다음 날 나는 머리에 클립을 말고 화장도 해서 단정한 자세로 앉았다. 그런데 웬일로 화면이 나오지 않았다. 이렇게 해 보라 저렇게 해 보라 지시를 받아도 끝내 말소리만 들으며 수업을 했다.

이런 우여곡절을 겪으며 배운 보람이 있어 글그램이라는 앱을 핸드폰에 깔고 꽃다발 그림에 인사말을 넣어 카톡을 보내고, 손자 생일에는 꽃바구니 사진에 이름을 새겨 축하 인사를 할 수 있게 되었다.

뒤에 들으니 학교에 가서 대면 수업을 할 수 없었던 손자들도 영상 수업을 했다고 한다. 코로나 사태로 디지털 세상이 앞서 당도한 것이다. 사전 지식 없이 디지털 교육을 영상으로 받으며 놀랐다는 말을 했더니, 서울에 있는 막내딸이 미국에 있는 언니와 부산에 사는 내가 함께 영상통화를 할 수 있게 해주었다. 천만리 떨어진 곳에 살면서 셋이 마주 보고 웃다니 참 신기한 경험이었다.

두 과목을 신청했는데, 한 과목은 키오스크 사용법이었다. 알고 보니 무인 단말기를 두고 하는 말이었다. 속에서 은근히 화가 치밀기 시작했다. 아무리 외국에서 들여온 물건이라도 엄연히 우리 말 놔두고 왜 영어를 쓸까. 그러잖아도 모르는 게 많아서 불편한 세상에. 키오스크는 '신문, 음료 등을 파는 매점'을 뜻하는 영어단어라는데, 외국에서도 이 기기를 두고 이 말을 사용하지 않는다고 한다. 내 나라말을 갈고 닦아야 할 방송이나 신문사에서도 예사로 쓰고 있어 한심하지만, 새로운 기기를 사용할 줄 몰라 햄버거 가게에 들어가서도 서툴게 주문하던 생각이 나서 이참에 확실히 배워야겠다고 생각을 고쳐먹었다.

코로나 사태로 많은 병원에서 무인 단말기를 설치하기도 했지만, 입구에서 열을 재고 어느 과에 진료를 받으러 가는지 일일이 기록을 한 연후에 들어가야 하므로 길게 줄을 서서 기다리는 일이 많았는데, 이 사용법을 배운 뒤로는 줄 설 필요 없이 무인 단말기를 이용하여 금방 들어갈 수가 있었다. 안다는 건 힘이라는 걸 새삼 느낀다.

나이가 많으면 아픈 데도 많아서 병원 출입이 잦은데, 노인들이 새로운 문물을 사용할 줄 몰라서 하지 않아도 될 고생을 하는 현실이 안타깝다. 이런 사정을 감안한다면 새로운 기기라 하더라도 우리말을 써서 사람들을 좀 편하게 도와주면 안 될까.

　동네 마트에도 무인 단말기를 설치해서 물건 사기도 쉽지 않게 되었다. 닷새마다 열리는 오일장에 나이 많은 사람들만 보이는 이 진풍경이 언제까지 계속될 것인지. 은행에서도 마찬가지다. 젊은 사람들은 인터넷뱅킹을 이용하니 은행에 앉아서 기다릴 일이 없다.

　요즘에는 핸드폰 아니면 음식 주문하기도 어렵다. 도대체 같은 시대에 사는 사람이 맞나 하는 생각이 들 만큼 진화하는 디지털 세상을 따라가지 못하고 있다.

　나이 먹는 것도 처음 당하는 일인데, 새로운 기기 사용법까지 알아야 하니 이 이중고를 어찌해야 할지.

문득 궁금해진 그 아이

그해 12월 정년퇴임을 했다. 그날 퇴임식장에 와서 축사를 읽은 여자아이가 있었다. 열예닐곱의 나이에 드러내놓고 말하기 어려운 일을 하던 아이였다.

청소년상담실에 근무했던 나는 수많은 사연을 가진 아이들과 부모를 만났지만 그런 일로 살아가는 아이는 유일했고 어떤 도움도 줄 수 없는, 나를 무력감에 빠지게 하던 아이였다. 철없는 나이에 진흙탕에 빠져있어 어떻게든 구하고 싶었으나 퇴직을 앞둔 시점까지 어쩌지 못하고 있던 나는 마지막 수를 던졌다. 자신이 남에게 소용되는 존재임을 알게 해주고 싶었고 그래서 자존감이 살아나 그런 생활에서 손을 뗄 수 있기를 바랐다. 그 애가 사는 세상과는 다른 자리에 초대하는 것이 내가 할 수 있는 유일한 길이었다.

어쩌다 호텔에서 퇴임식을 하게 되었다. 우리 사무실 이 층에서 조촐하게 치르고 싶었지만 격식을 중히 여기던 실장님이 밀어붙였고, 평소에 내 일을 의논하던 슈퍼바이져도 연관 있는 기관들에 연락해서 번듯하게 하라고 조언을 했다. 아마도 전국에 있던 열여섯 개의 청소년상담실에서 유일하게 정년퇴임을 하는 사람이어서 그랬을 것이다. 지금은 없어진 시민회관 앞 크라운 호텔이었다.

이렇게 장황하게 퇴임식 얘기를 하는 것은 내가 그 아이에게 보내는 희망의 메시지를 알아차리게 하고 싶기 때문이다. 누구에게 인정을 받기는커녕, 세상의 밑바닥을 헤매고 다니면서도 그 의미조차 모르던 아이, 상담실을 떠나는 마당에 더는 내담자로 만날 수도 없는 일이었다. 그쪽에서 연락이 오지 않으면 만날 방법이 없다.

그런데 그렇게 살면서도 상담실에 꼬박꼬박 왔던 걸 보면 그가 의지할 곳이라곤 없었던 것 같기도 하고, 본성은 성실한 구석이 있는 아이였던 가보다. 처음에 어떻게 해서 상담실에 오게 되었는지 기억이 없다. 경찰이 데리고 왔는지 보호관찰 대상이어서 교육을 받으러 왔는지. 누군가에 이끌려 온 아이들은 상담 기간만 끝나면 다시 오는 일이 드물었는데, 오라는 날에 어김없이 왔던 걸 보면 제 발로 왔을 수도 있다. 그러나 그 수렁에서 빠져나올 생각은 않고 있었다. 그렇게 번 돈으로 길만 나서면 택시를 타고 군것질하며 같은 또래들과 어울려 지내는 데 재미를 붙인 것 같았다. 집으로 들어갈 것을 종용도 해봤지만 가정 환경이 아이를 배기지 못하게 하는지 가출을 일삼았다. 상담실에 오면 다른 선생님들도 의물 없이 대해주고 사소한 심부름도 시키며 식구처럼 대한 것이 아이의 마음을 붙들었는지도 모른다.

그 아이는 자기의 생각을 글로 써보라는 내 주문에 곧잘 따랐다. 그래서 지금의 생활을 글로 써 볼 것을 권했다. 별별 남자들을 다 만나니 그 사람의 인상에 대해 써보는 것도 한 방법이라고, 그럴 때의 자기 심경도 솔직하게 써보고. 여태까지 그런 류의 글을 쓴 사람은 없으니 어린 사람의 눈으로 본 세상 이야기는 신선할 거라고. 그렇게 글을 쓰다 보면 자기 자신을 객관적으로 돌아볼 수 있을 테고 그러면 그곳에서 스스로 빠져나올 수 있을 거라 믿었다.

나의 퇴임식에 축사를 써 와서 얌전히 잘도 읽고 간 아이, 12월의 그날을 기억하며 바른길로 나아갔기를.

사람이 그립다

아이들 일로 두어 해 서울에 가 있으면서 일상적인 일에 손을 놓고 지낸 적이 있었다. 모임에는 물론 갈 수 없었고 친하게 지내는 사람들과도 전화로만 얘기를 나누었다.

가까운 이들이 갑자기 세상을 떠났다는 소식을 듣고도 선뜻 가보지 못했다. 문상을 가서 고인과의 추억을 함께 나누는 평범한 일상이 귀한 줄도 모르고 쉬운 양 인편에 부조를 부탁하곤 했는데, 정작 갈 수 없는 상황이 되니 세상 떠난 사람이 더 애틋하게 다가오곤 했다. 가까이 살며 경조사를 챙길 수 있음이 사람 사는 일임을 알게 된 것도 값진 경험이었다. 한 달에 한 번씩 모이는 동기회에도 예사로 빠졌는데, 갈 수 없게 되니 친구들이 그리워졌다. 딱히 누구랄 것도 없이 그냥 보고 싶었다.

마주하고 웃으며 밥을 같이 먹는 일이 소중한 줄을 전에는 몰랐다. 평소에 별로 즐겨보지 않던 티브이 앞에 앉아있으면

일방적으로 보기만 하라고 하네 이런 생각이 들고, 서로 주고받으며 얘기를 나눌 수 없는 물건이 지닌 한계가 도드라졌다. 보고 있을수록 마음이 허해졌다.

　코로나 사태로 집에 칩거하고 있으니 딱 그때 상황이 재현되고 있다. 같은 부산에 살면서 아무도 만날 수 없게 만드는 전염병, 사람을 만나는 게 겁이 나는 이런 상황은 살다가 처음이다. 할 일이 없기도 하지만 뉴스에 눈을 뗄 수 없는 것이, 사람이 죽어 나가고 전염되는 사람 숫자가 확대일로에 있는 상황을 알 수 있는 방법이 티브이밖에 없다.

　지척에 살아도 전화로만 얘기를 나눈다. 모든 모임이 취소되고 취미로 배우러 다니던 한국무용도 문화센터가 문을 닫았으니 갈 수가 없다. 이 전염병은 집을 떠나 서울에 살던 그때를 떠올리게 한다. 한 달이 넘도록 집에만 갇혀 있다. 사람 모이는 곳엔 못 가게 하니 목욕탕에도 가지 못하고 외식은 엄두도 내지 못해 삼시세끼 밥해 댄다고 말이 아니다. 닷새마다 열리는 하단 장도 처음 두세 장은 서지 않더니 요즘은 그나마 장이 선다. 장에 가는 일이 나의 숨구멍이 되었다.

　일상이 정지된 세상에 어김없이 돋아나는 봄나물들, 사촌도 나누어 먹지 않는다는 초벌 정구지, 쌉사름한 머위 순, 노지에서 겨울을 난 상추, 애린 쑥, 자연은 어떤 것으로도 막을 수 없는, 그야말로 자연 그대로 임을 보며 경이롭기까지 했다.

그런데 서울에 살아보아서 알게 된 사실이 하나 있다. 봄나물이 여기 남쪽보다는 한발 늦게 나오고 더구나 머위 순은 쌈을 싸 먹을 만큼 잎이 커진 후에야 장에 나오는 걸 봤다. 여기에 생각이 미치자 서울에 있는 친구들에게 봄나물을 보내고 싶어졌다. 봉지 봉지 사서 곧바로 우체국으로 차를 몰아 택배로 보냈다.

외출도 하지 못하고 갇혀 지낼 텐데 남쪽에서 온 봄소식이 얼마나 반가울까. 맛있게 먹을 걸 생각하면 마음이 기쁘다. 코로나가 창궐해 도시가 봉쇄된다는 대구 동생에게도 갖추갖추 사서 보냈다.

닷새에 한 번씩 장에 갈 때마다 쑥이 조금씩 커가는 모습이 눈에 뜨인다. 뒷산에서 농사짓는 이가 쑥을 캐오면 그보다 더 깨끗한 게 없는 줄 아는 까닭에 누군가에게 보내고 싶어진다. 어디서 캐오는지 몰라 쑥을 사지 않는다는 지인에게 쑥국의 향내를 선사하려고 우체국으로 달려간다. 반가워서 함박 웃을 모습을 생각하면 내 마음에 함박꽃이 핀다. 결국은 내가 나에게 주는 선물이다. 어떻게 보면 기쁨은 스스로 만들어가는 것인지도 모른다.

또 하나의 탈출구는 뒷산으로 산책을 나서는 일이다. 산 밑에 사는 덕에 날마다 산으로 갔다. 낯선 서울에서도 주변에

산이 없나 찾아다녔는데 집 뒤에 승학산이 있으니 안성맞춤이다. 산이 없었다면 이 숨 막히는 세월을 어떻게 견뎠을까. 지금은 온갖 꽃들이 피어나는 봄, 양지꽃도 현호색도 산에서 만났다. 계곡에서 노는 버들치, 물 흐르는 소리, 이런 것들이 사람을 만날 수 없는 내 마음을 쓰다듬어 준다.

자연을 파괴하고 자연 위에 군림한 죗값을 톡톡히 치르고 있는 인간은 모든 일상을 정지시키고 인위적으로 멈추게 해서 백화난만한 이 봄도 즐길 수 없게 한다. 매화가 피고 벚꽃이 흐드러져도 집에만 있어야 한다. 꽃 보러 간다는 건 목숨을 거는 일이 되었다. 피는 꽃을 막을 수 없으니 꽃 보러 가는 길을 막는다. 이런 와중에 산 벚이 구름처럼 이는 뒷산으로 산책을 나설 수 있다는 건 여간한 행운이 아니다.

그러던 차에 친구들 얼굴을 잠시나마 볼 수 있는 핑곗거리가 생겼다. 예천에서 농사짓는 사돈댁에서 쪽파를 한 상자 보내온 것이다. 쪽파는 오래 둘 수 없는 물건이니 얼른 나눠 먹어야 했다. 가까운 친구 집에는 승용차로 실어다 주면서 문 앞에 나와 있어라 일렀고, 멀리 있는 친구는 우리 집 근처 지하철역까지 오라 해서 잠시 얼굴을 볼 수 있었다. 더 멀리 떨어져 사는 친구는 전철을 갈아타고 가서 역에서 전해 주었다. 이렇게 나누다 보니 몇몇의 얼굴을 볼 수 있었다. 사돈댁이 파만 보낸게 아니라 친구 만날 구실을 만들어 주어서 얼마나 감사하던지, 파전에, 파강회에 파김치 해서 잘 먹었다고 연락이 오면 기쁨이 솟았다. 갇혀 지내는 이 우울한 시기에 음식을 나누는 것처럼 기쁜 일이 어디 있을까.

그런데 오랜만에 지하철을 타고 가면서 승객이 드문드문 앉아가는 양도 처음 보았다. 일상이 정지된다는 것이 어떤지 실감 나는 장면이었다. 모임도, 취미생활도, 문상조차도 가지 못하는 생활이니 지하철 타고 움직일 일이 없음을 눈으로 확인하면서, 행복이 달리 있는 게 아니라 일상이 행복임을 가르쳐주려고 코로나라는 바이러스가 우리를 찾아왔다는 생각이 들었다.

4. 나의 삶 나의 수필

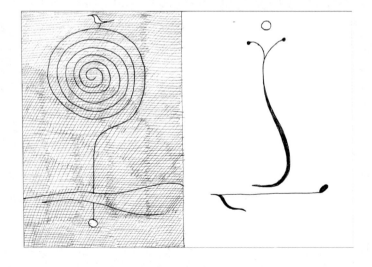

비대면의 대면

그동안 집안에 갇혀 지냈다. 코로나라는 반갑지 않은 손님이 '비대면'이라는 선물을 가져온 탓이다.

할 수 있는 일이라곤 거의 없어 책을 찾아 읽다 보니 문학의 본령이 비대면이라는 사실을 새삼 알게 되었다. 책 속에서 시대를 뛰어넘어 작가를 만나고 공간을 건너 그가 살던 곳에 가보게 된다. 비대면의 대면, 이것이 문학의 속성임을 이 희한한 역병 사태가 일깨워 주고 있다.

인간의 궁극적인 목적이 해탈을 추구하는 데 있다고 여기는 인도 사람들은 나이 오십을 넘어서면 은둔하고, 그 이후에는 순례를 통해 깨달음에 정진하는 삶을 산다고 한다. 나는 본의 아니게 그들처럼 은둔하며 전에 읽었던 책들을 순례했다.

오래전에 만났던 『어린 왕자』와 『갈매기 조나단』을 다시만나고, 철들어서 조우했던 『그리스인 조르바』와 마주하면서 자유로운 영혼을 만난다.

책은 같은 책인데 내가 변한 것일까. 처음 대하는 것 같은 느낌도 들고 새롭게 맞닥뜨리는 부분도 있었다. 껍질은 슬프지 않다며 무거운 몸을 벗고 떠나온 별로 돌아가던 어린 왕자는, 어느 날 홀연히 돌아가신 친정어머니를 생각나게 했다. 잠자는 듯 모습은 그대로인데, 아무 말도 하지 않던 어머니의 주검을 들여다보며 영혼이 떠나고 없음을 절감했던 그날이 떠올랐다.

시공을 초월하여 넘나들던 갈매기 조나단은 자유가 존재의 본성이라면서 원하는 대로 될 자유가 있다고 했는데, 과연 나는 원하는 대로 살아왔는가. 어렸을 때는 부모가 만든 틀 속에, 커서는 스스로 만든 틀에 갇혀 살지는 않았는지 새삼 나를 돌아보게 된다.

인간 존재에 대해 고뇌하고 성찰하는 과정에서 그 사유의 여정을 쓴 것이 글이라면, 독서란 그 작가가 도달한 지점이 어디이든 그곳에 이르고자 하는 추체험의 노고일 것이다.

니코스 카잔차키스는 『영혼의 자서전』에서 "내 영혼 전체는 외침이요, 내 모든 작품은 그 외침에 대한 설명"이라 했는데, 그 외침을 얼마나 절절히 받아들였는지 생각해 보게 된다. 삶의 길잡이를 한 사람만 고르라고 한다면 조르바를 택할 것이라고 할 만큼 자유로운 영혼에 경도됐던 저자는, 미리 써둔 묘비명에서 어떤 것도 부러워하지 않고 어떤 것도 두렵지 않은 자유라고 자신을 명명했다. 그럼에도 생이 끝나는 시점에서는 "잠시만 더 머물게 하라"며 시간을 구걸하는 지극히 인간적인 모습에 연민의 정이 느껴지기도 한다.

그리고 김동리의 『등신불』은 언제 읽어도 전율이 인다. 짧은 단편임에도 태산 같은 무게를 지니고 있어 강렬한 인상을 준다. 이 글을 처음 읽었을 때, 작가의 체험담으로 알고 등신불이 있다는 그 절에 한 번 가보리라 생각을 했었다. 일인칭으로 되어있어 실제 경험이라고 착각했던가 보다. 이번에 다시 읽으면서 소설이 지니는 극적 구성에 새삼 감탄하게 된다. 어쩌면 자신이 겪은 일처럼 이렇게 실감 나게 그릴 수 있을까. 작가가 생존해 있다면 소재를 어디서 구했는지 한번 물어보고 싶어진다. 자신의 몸을 태워 부처님 전에 올리는 소신공양을 함으로써 어머니의 죄를 탕감하고자 하는 발상도 뛰어나지만, 그 상황을 실제로 본 듯이 그려내는 솜씨도 대단하다.

그에 비하면(비교할 성질의 것이 아니지만) 장 그르니에의 산문은 맑은 물이 흘러가는 여울 같다. 다시 읽어봐도 그 『섬』에 가 닿기는 어려우리라는 느낌이 되살아나는 것은 내 사색이 빈곤한 탓이리라. 그중에도 '상상의 인도'라는 제목의 글은 처음 보는 듯 생소하다 기독교도이면서 서양 사람이어서 그렇겠지만 윤회를 믿는 인도 사람들의 생사관을 낯설어하며 이해할 수 없다고 적고 있다. 우리는 '전생에 무슨 죄를 지어서' 이런 말을 예사로 하는데. 그런 중에 『우파니샤드』가 불현듯 떠올랐다.

수십 년 전, 습작을 하며 여기저기 투고도 하던 젊은 날에 이 책을 추천한 분이 있었다. 책을 사긴 했는데 내용이 어려워 다 읽지도 못했고 아이들 키우며 바쁘게 사느라 잊고 지냈다. 생전에 여러 번 만났지만 한 번도 이 책에 대한 얘기를 나누지 못한 사이 그분은 세상을 떠났다. 그런데 이제 와서 왜 읽을 생각이 났을까. 흙탕물을 가만히 두면 흙은 가라앉고 맑은 물이 고이듯, 천지사방으로 나대던 몸이 조용해지니 오래된 숙제가 떠올랐나 보다. 아니면 책도 사람처럼 시절 인연이 있어 이제야 인도의 고전을, 인도 사람들의 철학과 인생관을 만나게 예정된 무언가가 있었는지 모르겠다. 누군가는 곁에 두고 틈틈이 탐독을 했다는 데, 나는 곁에 두고도 세월을 보냈으니.

오백 페이지에 가까운 책 두 권을 인내심을 가지고 읽었다. 왜 이 책을 권했을까 뒤늦은 의문을 가지고 '비밀스런 가르침'을 꼼꼼히 살펴나갔다.

인도 사람들은 그들이 이해한 우주의 원리와 인간 본성에 대한 가르침을 비유와 문답을 통해 설명하고 있다. 어떤 사물을 설명하는 데 비유보다 훌륭한 표현법이 없다는 걸 그들은 일찍이 알았던 듯하다.

"이 강물 저 강물이 흘러들어 바다에 가 닿으면 어디서 흘러온 강물 표시가 나느냐, 벌들이 이 꽃 저 꽃에서 꿀을 모아왔을 때 모인 꿀은 이 꽃 저 꽃에서 왔다는 흔적이 있느냐 그런 개별의식이 없는 것처럼 모든 세상이 그 존재에 잠기고 나면 우리가 그 존재 속에 잠겨있다는 의식이 없으니 그 존재가 곧 아뜨만이며 진리이며 바로 너 자신이다."

인류의 영원한 명제, 우리는 어디서 생겨났으며 우리는 무엇이며 우리는 어디로 가는가에 대한 탐구와 해답이 담겨 있다.

지금쯤 이 책을 권유한 분을 만나 인간 존재에 대한 소견을 들으며 얘기를 나눌 수 있으면 좋으련만, 대면할 수 없는 상황이 되어서야 이런 생각을 하다니, 그러나 사람도 가고 이렇듯 많은 시간을 흘려보내고 난 뒤에라도 인도의 오래된 사상을 찾아 읽을 수 있으니 책이 지니는 미덕이 아닐 수 없다. 비대면의 대면이다.

그런데 최근에 생각지도 않은 일이 있었다. 오래도록 소식이 두절됐던 친구가 '동시사랑' 이라는 블로그를 운영한다는 사실을 알게 됐다. 그 친구는 미국에 살면서 한글로 동시를 쓰고 있었고 몇천 명이 되는 사람들이 그곳을 방문하고 있었다. 더러는 곡을 붙여 동요로 만들어지기도 하고 그림 그리는 사람이 동시를 올려 시화를 만들어 놓기도 했다.

한눈에 그 친구의 살아온 날들이 보였다. 나도 그동안 펴낸 수필집 두 권을 보냈다. 수필은 다른 글과 달리 일상에서 길어 올린 샘물이어서, 그동안의 갈증을 풀 수 있었다고 했다. 우리는 문학소녀 시절로 돌아가 다시 만났다. 책과 글이 갖는 또 다른 '대면의 미덕' 아닐 수 없다.

『그리스인 조르바』를 다시 읽으며 크레타에 한번 가보리라 벼르듯이 언제고 여행이 자유로워지면 그 친구 사는 곳에 가보리라 생각하고 있다. 그러고 보니 괴테의 생가와 이미륵의 묘소를 찾아 독일로 갔던 일이 아득한 옛날이 되었다.

세월을 뛰어넘어 사람의 가슴 속에 살아 있는 작품, 그 작품의 산실을 찾아가고 싶은 마음이 일어나는 그런 글을, 그렇게 가슴 적시는 글을 쓸 수는 없을까. 언제 읽어도 새롭고 설레는, 글만 읽어도 그 작가의 자취가 보고 싶고 그리워지는 그런 글을 주변에서도 만나고 싶다.

마음 놓고 사람을 만날 수 없는 이 비대면의 시대에 대면하고 싶어지는 글을 쓸 수 있기를 소망하면서.

예상 못한 일

어쩌다 외국에 나갈 기회가 있으면 영어를 할 줄 몰라 답답한 적이 한두 번이 아니다. 입국신고서를 쓰는 일만 해도 번번이 옆 사람한테 물어서 작성을 하곤 했다. 집에 돌아가면 영어를 다시 배워야지 다짐하지만 막상 오면 흐지부지, 그러다가 미국에 있는 손자를 보러 갈 일이 생기자 동네 주민 센터에 가서 영어 회화를 배웠다.

아이와 영어로 얘기를 나누고 싶은 마음이 앞섰지만, 정작 아이를 만나니 생각이 달라졌다. 이곳에서 커갈 텐데, 한 마디라도 우리말을 가르쳐야겠다는 욕심이 생긴 것이다. 나는 내 아이 키울 때도 쓰지 않던 사투리를 써가며 열정을 쏟았다.

제 부모가 쓰지 않는 말을 얻어듣고 한마디씩 할 때는 재미도 있었다. 그림을 그린다고 여러 가지 물감을 섞어 난장판을 만들기에 "엉망진창"이라 했더니 그 말을 따라서 했다.

장난을 심하게 칠 때는 "에헤이-" 하며 제지하곤 했는데, 우리가 돌아올 때까지 아이는 "엉망진창"을 애용하며 제 어미한테 "에헤이-"하는 소리를 해댔다. 그리고 이상한 냄새를 맡고는 "냄시가 난다" 며 우리를 웃겼다.

아이들을 키울 때 나는 비교적 말에 신경을 썼다. 외국어와 사투리를 쓰지 않는 건 물론, 발음의 고저, 장단도 바로 잡아주곤 했다.

지금은 영어를 섞어 쓰는 사람이 많지만, 그때는 일본말을 쓰는 사람이 많았다. 남의 나라 식민지가 되어 산 세월도 억울한데, 그 나라 말을 예사로 쓰는 어른들을 보며 '속도 없는가 보다'라는 생각이 들어 나부터 삼갔다. 그리고 표준어를 쓰는 사람 앞에서 혹시라도 아이들이 움츠려들까봐 되도록 사투리를 쓰지 않으려고 노력했다. 지나고 보니 일본말을 쓰지 않은 건 잘한 일인데, 사투리가 주는 정감을 전하지 못한 건 아쉬움이 남는다.

아이들이 은연중에 내 뜻을 따랐는지, 담임선생님이 어머니가 서울 사람이냐고 묻기도 했다는데, 표준어가 주는 무미건조함을 알아차리고 사투리에 눈길을 돌렸을 때는 이미 아이들이 자라 곁을 떠나버린 뒤였다. 이 고장에서 살아 온 사람만이 갖는 정서와 숨결이 배어있는 말, 그 따숩고 정겨운 말의 진미를 너무 늦게 깨달은 잘못이 있다.

최근에 '응답하라 1994'라는 드라마가 인기를 끈 적이 있는데, 서울 하숙집에 모인, 경상도 전라도 사투리를 쓰는 대학생들의 이야기였다. 우리 집 딸들도 무엇보다 사투리가 재밌다며 호들갑을 떨었다. 꼭 다른 지방에서 자란 사람처럼. 서울에서 직장생활을 하는 둘째는 처음 들어보는 말이 많았다고 하길레 '저 만디를 전주고'라는 순우리말을 한마디 가르쳐 주었다. '저 높은 곳을 향하여'라는 뜻을 듣고는 웃음을 멈출 줄 몰랐다.

하기야 나도, 평소에 메모해 둔 수첩에서 오래전 기차간에서 들었던 남자 노인 두 분의 대화 내용을 보고 새삼 반가운 마음이 일었다. "가실 해 놓고 아-들 집에 댕기러가는 질인데, 지난봄에 깐 삐가리가 성계가 돼서 한 마리 비틀어 가노라고" 그 말에 "색키 댕기오이소"하던 인사말.

얻는 것이 있으면 놓치는 것도 있기 마련이다. 억양까지 어쩌지는 못하지만, 내가 보기에 매끄러운 말을 해대는 딸들이 낯설어 보이는 것 또한 어쩔 수 없다. 그나마 영어를 일상에 섞어 쓰지 않는 것이 대견하다면 대견하지만.

일 년이 넘도록 영어를 배우러 다녔어도 정작 미국에 갈 때는 입국신고서를 인터넷에서 내려받아 익혀서 갔다. 그런데 한국이 비자 면제국이 되었다더니 입국신고서 작성을 하지 않아도 되었다. 손자와도 사투리를 섞어 얘기를 나눌 수 있는데 굳이 영어 회화를 배워야 하나, 이래저래 게으름이 나고 있다.

최화수쌤을 그리며

예상치 못한 일이었다. 세상을 떠난다는 걸 예상할 수 있는 사람이 몇이나 될까마는 그만큼 갑작스런 소식이었다. 부음을 듣고 놀랐던 것은 나와 동년배여서 더 그랬을 것이다.

최화수 씨를 처음 본 것은 고등학교 3학년 때, 부산문우회라는 고등학생들의 문학단체에서였다. 그는 키가 조그맣고 예쁘장한 남학생이었다. 조순, 김태홍 두 분 선생님이 주축이 되어 부산 시내 고등학교 문예반 학생들을 모았는데, 모임도 여러 번 가지고 작품발표도 했다. 그때 무대에 선 조그마한 남학생의 모습으로 기억에 남아있다. 부산문우회 라는 이름도 그를 사하문학회에서 만나 물어서 알아냈다. 하도 오래전 일이라 생각이 잘 나지 않았던 것이다.

부산에 살면서도 마주칠 일 없이 지내다가 그를 다시 보게 된 것은 세월이 한 참 지나 사하문학회에서 였다.

최화수 씨는 국제신문사에 근무할 때 『지리산』이라는 책을 발간해 꾸준히 보내주었다. 책 받고 답장하지 않은 사람은 나뿐이었다는 말도 사하문학회에서 만나 들었다. 지면이라도 얻고 싶어 하는 걸로 비칠까봐 아예 얼씬도 하지 않으려 했던 내 고지식함의 소치였노라 말했는지 모르겠다.

같은 동네에 사는 인연으로 모인 문인들의 모임인 사하문학회는 다른 모임과 달리 이웃 사람 같은 친근함이 느껴지는데, 최화수 씨와 가까워진 것도 그런 연유지 싶다. 더욱이 그가 회장을 맡았을 때 나는 부회장으로 일을 같이했다, 처음에는 별로 열의를 갖지 않았던 것 같은데, 뒤에 알고 보니 몸이 아팠다고 했다. 담석증으로 고생을 해서 몸무게가 많이 줄어서 보는 사람마다 암이라도 걸린 게 아닌가 걱정을 하곤 했다. 그러자니 본의 아니게 내가 회장 일을 대신하는 경우가 잦았다.

그런 인연으로 내가 회장이 되었을 때 야유회 장소 선정도 해주고, 가는 차 안에서 해설도 맡아주었다. 최화수씨 말고 그렇듯 상세하게 안내를 할 사람이 부산에는 없지 싶다. 지리산을 수백 번 오르내린 데 다 골짜기 골짜기 서린 이야기까지, 우리 산천을 그리도 사랑하더니 그 사랑 다해 훌쩍 가버린 것일까.

한 번은 몰운대를 걷는 번개모임이 있었다. 자잘한 일상 얘기를 나누기 좋은 길이었다. 바다를 끼고 산길을 걷는 운치를 즐기며 자식들에 대한 얘기도 하고 성당에 나가게 된 동기도 그때 알았다. 봄이면 매화를 보러 통도사에 간다는 내 말에 산청 3매가 귀하다 하길 레, 언제 한 번 데려가 달라고 했더니 어느 해 봉생문화회에서 가는 탐방에 같이 가자고 불러주었다.

덕분에 일부러 가지 않으면 보지 못할 귀한 매화 구경을 했다. 벚꽃처럼 화사하게 모여 피는 매화가 지천인 이즈음이지만, 고목에 몇 송이씩 피는 매화라야 고졸한 맛이 난다.

남명 조식 선생이 지리산 천왕봉이 보이는 곳에 자리 잡았다는 산천재 앞뜰에 심었다는 남명매, 고택이 모여 그 자체만으로도 고풍스런 남사리 예당촌, 하씨 고가에 원정 하즙이 심었다는 원정매, 고려시대 정당문학겸 대사헌에 올랐다는 문인 강회백이 젊은 날 단속사에서 공부할 때 심었다는 정당매, 단속사터에 있는 이 매화는 육백여 년이 지나 고사하고 새끼가 나와 꽃을 이어 간다 했다. 그곳에는 희한하게도 정당매를 기리는 비각이 서 있었다. 매화를 기리는 시를 짓고 그 시비를 모셔놓은 비각이라니, 정당매를 보지 못한 서운함을 상쇄하고도 남는 옛사람의 자취였다.

수백 년을 고목으로 살아남아 그 등걸에 피는 매화를 볼 수 있었던 건 행운이었다. 지금 생각하니 생전에 최화수 씨한테 귀한 선물을 받은 기분이다.

많은 사람에게 이런 좋은 선물을 수도 없이 했을 테니 틀림없이 좋은 곳에 가셨으리라.

명복을 빌며.

나의 삶 나의 수필

글을 보면 그 사람을 안다 했으니 다시 더 무슨 이야기가 필요할까. 글 속에는 지금까지 살아온 내 모습이 이보다 더 자세할 수 없을 만큼 드러나 있는데, 지금부터 하는 이야기는 아무래도 사족이 될 것이다.

생각해 보면 평생을 함께한 수필이다. 살면서 그때그때 입장은 달랐어도 일관되게 손에서 놓지 않았던 게 글쓰기였다. 고등학교 문예반에서 시작해 오늘까지 변함없이 관심 가진 수필이다. 친구도 돌아설 때가 있고 세월도 오고 가는데 평을 함께할 무엇이 있다는 건 축복이다.

고등학교 3학년 때 〈세종대왕 기념 사업회〉에서 실시한 한글날 백일장에서 시를 지어 입상을 했는데, 교실까지 일부러 오신 국어 선생님이 "소발에 쥐 잡았다"던 말씀이 기억난다. 장원, 차상, 차하, 입상, 중에 차하로 뽑혔다. 그때 잡은 쥐를 황소만큼이나 귀하게 여기며 오늘까지 왔다. 그 무렵 부산문화방송국에서 학생문예작품 모집이 있었는데, 거기서도 입상을 해 한꺼번에 이름이 떠 우쭐하지나 않았는지 모를 일이다. 그 당시 조순, 김태홍 두 분 선생님이 부산 시내 고등학교 문예반 학생들을 모아 〈부산문우회〉를 만들었는데, 거기 참여한 것이 문학 활동의 시작이었다.

그 후 서른예닐곱의 나이에 한국일보 신춘문예 수필 부문에 응모해 내리 두 해를 최종심에서 탈락하고, 그 작품을 심사 위원이었던 경희대 서정범 교수가 『한국수필』에 추천을 해주셨다. 그다음 해 심사를 맡았던 조경희 선생님이 『현대문학』에 추천해 주신다는 걸 두 분 선생님이 의논해서 하시라고 했던 건 내가 무식한 탓이다. 어디를 통해 등단했느냐가 평생을 따라다닐 줄 그때는 몰랐다. 함께 고배를 마신 반숙자 선생님은 『현대문학』에도 등단해 지금까지 활동을 하시는데, 간혹 '그리운 사람에게'로 시작되는 편지를 보내오는 나의 첫 글 벗이다.

그 뒤로도 계속 신춘문예의 문을 두드렸던 나는 문장의 기초가 부족하다는 자각을 하고 뒤늦게 한국방송통신대학교 국어국문학과에서 공부를 했다. 고전을 만나고 음운론을 배우며 기초를 다질 수 있어 다행이었다.

그 이후 십 년에 한 권씩 세 권의 작품집을 냈다. 평생에 단 한 권의 수필집을 내리라던 애초의 생각과 달리 상담에세이

집 한 권도 보탰다. 명작은 세월을 뛰어넘어 감동을 준다고 했는데, 세 권의 책을 펼쳐놓고 보니 그런 작품을 찾기 어려 웠다. 신변잡담에서 크게 벗어나지 않아 허탈했다고나 할까. 다행한 일은 글을 쓰지 않았다면 잊히고 지나쳤을 일들이 그려져 있어 반갑기도 하고 새삼스럽기도 했으나 거기까지였다. 그나마 청소년 상담실에서 퇴직을 하고 엮었던 상담에세이집『나는 상위권 아버지는 하위권』은 유일하게 출판사에서 인세를 받았는데, 자녀를 기르는 부모들에게 작으나마 도움이 되었으리라는 위안을 갖는다.

오십이 되어 낸 첫 작품집『모양 없는 빛 속에서』는 삼사십 대의 내 모습이 담겨있다. 어린 자식들의 자라는 모습이 아득하면서도 그립게 다가온다. 글이 생동감 있게 펼쳐지면서 젊은 감각이 느껴지는 것이 뒤에 나온 책들과 다르다면 다른 점이다.

이 책을 내고 처음이자 마지막으로 출판기념회를 가졌는데 두 번 할 일은 아니라는 생각이 들었다. 내 일로 사람들을 오게 하고 긴 축사를 들으며 늦은 저녁을 먹게 하는 건 마음 쓰이는 일이었다.

두 번째 펴낸『한마디 말』은 직장을 퇴직하고, 세상살이를 끝낸 뒤 나온 책이어서 삶의 한가운데 있었다는 느낌이 드는 글들이 실려 있다. 일도 탈도 많은 세상에서 부대끼며 버티는 내 모습이, 또 그렇게 부대끼는 청소년과 부모들을 만났던 소회가 담겨있다. 그리고 무엇보다 부모님이 돌아가셨다. 작은 글재주를 가진 딸을 자랑스러워하시던 아버지, 덜렁댄다고 나무라면서도 미더워하시던 어머니, 가시고 나니 잘못한 일만 가슴에 남아 아리고 슬픈 심정이 글 속에 배어 있다.

『춤을 추면서』는 세 번째 작품집이면서 칠순을 기념해 엮은 책이다. 칠십, 이 실감 나지 않는 나이를 살아온 흔적이 담겨있다. 식구가 늘어나고 손자들이 태어났다. 한 세대가 바뀐 것이다. 그리고 오랜 날 내 문학의 스승이었던 윤모촌 선생님이 돌아가셨다. 첫 작품집에 실린 육십 편의 작품을 하나하나 손봐주시며 문장 지도를 아끼지 않았고, 무슨 일이 있으면 의논하고 물어보던 어른이었는데 돌아가시고 나니 빈들에 혼자 선 듯 서늘한 바람이 지나간다. 그런 중에도 나비처럼 너울너울 청산을 넘나들며 등산을 하고 여행을 가고 전통춤을 배우며 여백의 삶을 즐기는 내 모습이 담겨 있다.

이렇게 삼십 년의 세월이 흘러갔다. 삼십 년, 한 인생이 다 가는 세월이고 세대가 바뀌는 세월이다. 이 긴 날 동안 변함없이 관심을 쏟았고, 이 오랜 날을 함께한 수필을 나는 과연 어떻게 썼던가.

생각해 보면 나의 글쓰기는 살면서 마주치는 일 속에서 어떤 의미를 건지기 위해 노력하는 과정이었던 것 같다. 성찰의 시간이었다고 할까. 어떤 일을 겪으면 이것이 의미하는 건 뭘까 생각하며 나름대로 삶의 근원에 가 닿으려고 노력했던 것 같은데, 나의 의식 수준이 도달한 곳은 어디쯤인지, 돌아갈 날이 가까워오는 데 어디서 와서 어디로 가는지 나는 누구인지 아직 안개 속이다.

글을 쓸 때는 주제를 정하고 소재를 찾아 글을 만들기보다는 어떤 일을 겪는다든지 어떤 상황에 놓일 때 그 일을 계기로 일어나는 느낌을 떠오르는 대로 풀어나가는 편이다. 그런 뒤에 다시 읽어보면서 순서를 이리저리 바꾸고 문맥을 바로잡으며 손을 본다.

그런 중에도 나름대로 주의를 기울이는 몇 가지가 있다. 먼저 서두는 비교적 짧고 간단하게 시작한다. 하고자 하는 이야기를 단도직입적으로 한다고 할까. 시작부터 길게 나가는 글은 작가가 무슨 이야기를 하려고 하는지 잘 알 수 없게 만드는 경향이 있어 그런 모호한 글쓰기를 좋아하지 않는다.

문장은 되도록 꾸미지 않고 간결하게 써나간다. 군더더기를 싫어하는 성격 탓도 있지만, 하고자 하는 이야기를 너무 길게 늘어놓으면 주제가 흐려지기 때문이다. 그리고 간혹 다른 사람의 글에서 아름다운 문장을 읽을 때가 있는데 그때뿐, 감동이나 여운이 남지 않는다. 그래서 진솔한 삶의 이야기보다 감동을 주는 글은 없다는 믿음을 가지고 있다.

그런데 쓸 때마다 허기를 느끼는 것은 어휘의 빈곤이다. 적절한 용어의 선택이야말로 문장을 탄탄하게 하고 전하고자 하는 뜻을 선명하게 나타내는 지름길인데, 다양한 어휘와 새로운 단어를 내 것으로 만드는 데 어려움이 있다. 간혹 우리말 사전을 뒤적이지만 사전 보는 일은 어쩐지 재미가 없다. 소설을 읽을 때는 줄거리를 따라가느라 문장을 놓칠 때가 많고, 좋은 글일 경우에는 그 글 속에 담긴 뜻을 음미하느라 단어나 문장을 등한시하는 바람에 나의 단어 실력은 늘지 않고 있다. 특히나 옛사람이 쓰던 정감 어린 우리말을 찾아 쓰고 싶은 욕구는 가득한데 마음뿐, 실제로는 늘 쓰던 단어를 쉬운 양 쓰고 있다.

그런 중에도 어떻게 하면 우리말을 바르게 쓸까 궁리하면서 이오덕 선생이 지은 『우리글 바로 쓰기』를 곁에 두고 때때로 들여다보곤 한다.

그리고 나이 들어가는 이즈음 염두에 두는 것은 되도록 회고 조의 이야기는 하지 않으려는 것이다. 내 느낌이지만 지난 일을 늘어놓은 글을 읽으면 별 감동이 일어나지 않는데 아마도 한 개인의 체험으로 머무는 까닭이어서 그럴 것이다. 나도 이 글에서 부득이 지난 얘기를 하게 되었는데, 읽는 이들이 나와 비슷한 느낌을 받았으리라. 늘 깨어있으면서 새로운 것에 대한 호기심을 잃지 않으려 노력하는 까닭이 여기에 있다.

이것은 다른 얘기지만, 한번 써보고는 싶으나 잘되지 않는 글이 여행기다. 낯선 나라를 이리저리 찾아다닌 편인데 글로써 재구성을 하지 못하고 있다. 눈으로 보지 않은 광경은 어떤 설명을 해도 그림이 잘 그려지지 않는다. 자칫하면 여행 안내서가 되기 쉽고 아니면 자신만의 감상에 젖은 글이 되기 십상이어서 섣불리 손을 대지 못하고 있다. 다른 글 속에 여행의 경험을 곁들이고 있지만, 언제고 장 그르니에의 『지중해 기행』 같은 멋진 여행기를 한번 써보고 싶다.

나름대로 정성을 기울였다고는 하지만, 언제나 되면 읽는 이의 가슴에 여운을 남기는 수필을 쓸 수 있을지, 평생을 함께한 수필이지만 아직도 풀지 못한 숙제를 지니고 있다.

애석하다

글을 쓰다 보면 익숙한 단어만 쓰는 경향이 있는데, 새로운 말이 다가오는 것도 어떤 계기가 있음을 알았다.

제주도 여행을 갔다가 돌아오는 공항에서 눈 깜짝할 사이에 스카프를 잃어버렸다. 미국에 사는 딸이 사다 준 건데, 내 돈 주고는 잘 사지지 않는 물건이다.

여행은커녕 코로나 사태로 몇 해 없이 집에 갇혀 지내다가 비행기를 타니 설레기까지 했다. 화려한 외출이었다.

모임은 하지 못하고 회비만 모였으니 제주도나 다녀오자던 어떤 회장 덕이었다. 방역의 고삐가 풀린 다음 날 절묘하게 나설 수 있었다. 선견지명이 있었던지 떠나기 두 달 전에 예약을 했는데, 그렇게 홀가분하게 떠날 수 있어 서로 감탄하며 나섰던 길이었다. 당연히 경비도 쌌다.

캄캄한 터널 속에서 환한 밖으로 나온 듯한, 더할 수 없이 즐겁고 행복한 여행이었다. 비행기를 처음 타는 것처럼 눈

아래 펼쳐지는 경치를 창밖으로 내다보며 들뜬 기분이 되었다.

길 나서는 나에게 남편이 봉투를 내밀었다 잘 갔다 오라면서. 그동안 하루 세 끼 밥 차리느라 이만저만 고역이 아니었는데, 위로금이었을까.

돌아오는 공항에서 제주 특산품이라도 사서 보답할 요량으로 일행을 먼저 보내고 쳐졌다. 면세점에서 흑돼지 육포를 두어 봉지 사고, 온 김에 립스틱을 하나 골랐다. 마스크를 벗는 날에 대비해서.

이렇게 능장을 부리다가 부리나케 일행을 쫓아오느라 땀을 뻘뻘 흘렸다. 자리에 앉자 목에 두른 스카프가 걸리적거려서 풀려니까 단추에 걸렸다. 이를 본 일행이 벗겨주었는데, 팔에 걸치고 있던 바바리 위에 얹고 자리를 옮겨 앉자마자 스카프가 사라졌다. 바닥에 떨어뜨렸는지 찾아봐도 없었다. 어떻게 그렇게 순식간에 물건이 사라지는지 어안이 벙벙할 지경이었다.

즐거운 여행 끝에 일행들 기분까지 찜찜하게 만드는 것 같아 기분이 좋지 않았다. 내 물건이 안 되려고 그러려니 체념을 했다. 옆에서 누군가는 보시했다고 생각하라며 위로를 했다. 해마다 오던 딸이 코로나 사태로 몇 해째 오지 못해 얼굴 본 지도 오랜데, 딸이 준 선물까지 잃어버리고 나니 마음이 좋지 않았다.

비행기에 탑승을 하자 옆에 앉은 일행과 자연스레 이 얘기를 하면서 이럴 때 심정을 뭐라고 표현을 해야 할지 했더니, '아깝다'고 하기엔 뭔가 부족하고 '애석하다'가 좋지 않겠느냐고 했다. 평소에 나는 잘 쓰지 않던 말이었다. 아까운 젊은 이가 갑작스런 사고로 세상을 떠났을 때나 쓰는 말인 줄 알았는데, 듣고 보니 적절한 표현이었다. 스카프를 잃어버리고 낱말을 하나 얻었다. 의미 없는 일은 없다더니 이를 두고 하는 말인 듯, 박목월 시에 '난蘭'이라는 작품이 있는데 거기에 애석하다는 말이 나온다며 시를 읊었다. 나로서는 처음 듣는 시였다.

집에 와서 찾아봤더니, '애석하게 버린 것'이라는 표현이 있었다. 그렇다면 잃어버린 것은 오죽할까.

이쯤에서 그만 하직하고 싶다
좀 여유가 있는 지금, 양손을 들고
나머지 허락받은 것을 돌려보냈으면
여유 있는 하직은
얼마나 아름다우랴
한 포기 난을 기르듯
애석하게 버린 것에서

조용히 살아나고
가지를 뻗고,
그리고 섭섭한 듯이
스스로 꽃망울을 이루어
아아
먼 곳에서 그윽히 향기를
머금고 싶다.

 스카프를 애석하게 잃어버리고 돌아오는 길, 화려한 외출
이라며 좋아했더니 끝이 좋지 않은 외출이 되었다. 마음속
에 미진하게 남아있는 이건 뭘까. 섭섭하면서도 아깝고, 딸
의 따신 정을 잃어버린 듯한 아쉬움, 말로 설명이 잘되지 않
는 이 '애석함'을 선물로 안고 왔다.

봄날 꽃다림

다시 『임꺽정』을 손에 들었다. 책을 정리하면서 이 책은 남겨두었다. 손자들이 커서 읽어주었으면 하는 바람도 있었고, 무엇보다 문장과 어휘들이 오래된 우리말이어서 귀하게 여겨졌다.

오래전에 이 책을 처음 읽었을 때 반가운 구절이 있었다. 허연 수염을 날리며 간혹 우리 집에 오시던 외할아버지는 모산지배가 사는 곳이라며 부산으로 이사를 오지 않으셨다. 직장과 학교가 이곳에 있었던 외삼촌 가족들이 기차 통학하는 불편을 겪는 걸 보면서, 어린 소견에도 좋은 뜻은 아니라는 생각을 했던지 그 말이 마음에 남아있었다. 그런데 뜻밖에도 이 책에서 보는 순간, 놀랍고 반가워서 얼른 사전을 찾아보니 꾀를 부려서 이해타산을 일삼는 무리라고 돼 있었다.

어느 날 달맞이고개를 넘어 송정 쪽으로 가면서 조금만 나서면 이렇게 바다를 볼 수 있는 아름다운 곳에 살면서, 나는 왜 어릴 적 들었던 그 말의 나쁜 느낌에 젖어 있었을까 하는 의문이 들었다.

이번에 다시 읽으면서 새롭기도 하고 처음 읽는 듯한 착각이 들 만큼 생소한 부분도 있었다. 같은 책이라도 읽는 사람의 마음 상태나 나이에 따라 그 의미가 다르게 다가옴을 절감했다.

더구나 이 작품이 써진 지 거의 백 년이란 세월이 지났음에도 지금도 쓰는 말이 나오면 그 어휘들을 눈여겨보았다. '속아지가 좁다'든지 '덧정 없다' 하기도 하고 '마치맞게 떨어진다'는 등의 표현을 보면, 말은 곧 삶이고 삶은 강물처럼 흘러옴을 알게 된다. 그 무엇보다 '문전 나그네 흔연대접'이라든지, 무슨 말을 그리 '지망 지망이' 하느냐던 어머니의 말씀을 만나면 반가움을 넘어 그립기까지 했다. 그런데 맹한 나를 돌아보게 하는 구절도 있었다. '서방과 손그릇은 손때 먹일 탓'이라는데, 오십 년이 가깝도록 한집에 살아도 손때는커녕 아직도 생나무처럼 부르르 타는 남편을 어쩌지 못하는 나를 본다.

이런 중에도 단연 눈에 뜨인 것은 봄날 '꽃다림' 이라는 말이었다. 처음 보는 단어여서 사전을 찾아보니 꽃달임이었고 그 뜻은 진달래꽃이나 국화를 따서 적을 부치거나 떡에 넣거나 하여 여럿이 모여 먹는 놀이라고 돼 있었다. 작가는 꽃다림이라고 소리 나는 대로 썼다. 화전놀이와 같은 뜻인데 이 고운 말을 잃어버리고 우리는 왜 한자어로 된 말을 쓰는 것일까. 『임꺽정』을 일러 '우리말의 사전'이라거나 '우리말의 보고'라고 일컫는 것이 조금도 과장이 아니었다.

작가는 오랜 세월 입에서 입으로 전해오는 우리말을 지키는 파수꾼 역할을 하려고 했던 것 같다. 나라말과 글을 빼앗긴 일제 치하에 신간회 일로 잡혀간 감옥에서 이 작품을 쓰기 시작했다 하고, 그 뒤 십여 년 동안 조선일보에 연재하다가 신문이 폐간되는 바람에 미완성으로 남게 되었다 한다. 아홉 권으로 된 이 대하소설을 끝맺지 못한 사연을 접하면 그 엄혹한 시절에 우리에게 전하고자 한 뜻을 되새기게 된다.

그 자신도 삼일운동에 가담하여 고초를 겪었지만, 나라가 일본에 합병되는 국치를 겪으며 의분을 참지 못해 자결한 아버지의 유지를 받드는 한 방편으로 이 소설을 썼던 건 아니었는지 모를 일이다. 죽을지언정 친일을 하지 말며 먼 훗날이라도 아버지의 뜻을 욕되게 하지 말라는 유언을 남겼다고 하니, 홍명희의 우리말 사랑은 우리의 얼을 지켜가기 위한 그 나름의 나라 사랑이고 아버지에 대한 효도였던 셈이다.

최근에 상영되는 〈말모이〉라는 영화를 보면서도 우리말을 가꾸고 살리려고 목숨까지 내놓은 선조들의 투쟁이 눈물겨

왔다. 일경의 눈을 피해 우리말 사전을 만들기 위한 작업을 하다가 잡혀서 갖은 고난을 겪는 모습을 보며 우리가 이렇게 함부로 말하고 아무렇게나 글을 써서 되겠는가 하는 자괴감에 빠졌다.

　말도 그릇처럼 갈고 닦아야 윤이 날 테니 수첩 속에 메모만 해 둘 게 아니라 꺼내 다듬어 쓰는 것이 그토록 애쓴 선조들에 대한 도리가 아닐까.

　봄을 그냥 보내면 봄에 대한 예의가 아니라며 한 해도 거르지 않고 우리를 불러 화전놀이를 하는 친구한테 올봄에는 꽃달임이라고 이름을 붙여보자는 말을 해 볼까 한다.

김문숙 선생님을 생각하며

부산 문단에 처음 발을 디딘 곳이 『隨筆부산』이었다. 돌이켜 보니 거의 사십 년이 가까운 세월이다.

삼십 대 후반, 일간지 신춘문예로 등단하는 것을 지상의 과제로 여겼던 시절, 한국일보 수필공모에 투고했다가 두 해 내리 최종심에서 낙방을 했다. 그때 심사위원이었던 서정범 교수와 그다음 해 심사위원이었던 조경희 선생님이 의논해서 그 두 작품으로 『한국수필』이라는 계간지에 추천을 해 주셨다. 그 글을 읽었다면서 김문숙이라는 분한테서 연락이 왔다. 수필부산문학회에 들어오게 된 계기였다. 문예지를 통해 등단하는 길이 있는 줄도 몰랐는데 부산에도 그런 문예지가 있는 줄 알기나 했을까.

그리하여 뜻밖에 촌닭이 장터에 나오게 되었다. 천지 분간을 하지 못하던 신출내기가 김병규 선생님을 비롯, 문인갑 선생님. 유병근 선생님 등 쟁쟁한 분들과 동인이 되었으니

분에 넘치는 일이다. 그때까지 그분들의 성함을 들어본 적도 없고 작품은 물론 읽어본 적도 없었다.

문단이라는 데를 나와 어리둥절한 채로 비비적거리며 세월만 보내다 보니 어느덧 그분들이 계셨던 자리까지 밀려 올라와 있는 나를 본다.

작년이었던가. 문득 생각이 나서 망미동에 있던 정신대연구원으로 김문숙 선생님을 찾아가 점심 대접을 했는데, 그것이 마지막이었다. 젊어서는 기가 세고 펄펄했던 것 같은데 구십이 넘은 나이 탓인지 사람이 조용해졌다는 느낌을 받았다. 그래도 그때 밥이라도 한 끼 대접한 것이 다행이다. 문단으로 나를 이끌었던 분께 대한 예의를 잃지 않은 것 같아서.

생각해 보니 금강산 여행을 선생님과 함께 갔었다. 한국수필문인협회에서 주관을 했던 것 같은데, 내게는 최초의 해외여행이었고 그렇게 큰 배를 탄 것도 처음이었다. 북한을 남의 나라처럼 말하는 게 뭣하지만 동해항에서 배를 타고 장전항에 내려 여권을 제시하고 입국 수속을 받았으니 타국이나 다름없다. 이 글을 쓰고 있으니 온정리에 발을 디뎠을 때 우리 집 뒷산에서처럼 꿩이 꿕꿕 울던 생각이 난다.

숙식은 배 안에서 했는데, 선생님과 같은 방을 썼다. 씻을 때도 먼저 하라고 양보하는 등, 나를 편하게 해주신 걸 보면 여행사를 운영한 경험이 몸에 배어있었던 것 같다.

어느 해, 해외여행을 다녀오셨는지 남편 스카프를 선물로 주셨다. 사람은 가고 없는데, 물건만 남아 간혹 눈길이 닿는다.

김문숙 선생님과의 인연을 옛 얘기처럼 하다 보니 수필부 산문학회의 명맥을 이어오신 분들께 감사한 마음이 된다. 원고를 보내기만 했을 뿐, 별다른 활동도 하지 못한 채 세월만 흘려보내 미안한 마음이 가득하다.

100호 출간을 함께 축하하면서.

방충망

해마다 주홍빛으로 익은 꽈리를 따다 우리 집 벽에 걸어주는 친구가 있다. 저걸 한 번 키워봤으면, 아파트에 사는 주제에 생각이 간절했다. 친구 집 마당에서 초록빛 꽈리가 커가고 어느 날 보면 주홍색으로 물들어 가는 양이 여간 신기한 게 아니었다. 어릴 때 꽈리 불던 추억이 묻어있어 더욱 그랬을 것이다.

올봄에는 드디어 세 포기를 얻어다 화분에 심었다. 아무래도 비좁은 것 같아 한 포기는 아파트 화단에 내다 심었다. 오며 가며 물을 주었건만 잎이 누렇게 변하더니 벌레가 잎을 갉아 먹어 꼴이 말이 아니었다. 한편 베란다에서 키운 건 부지런히 꽃이 피고 졌다. 그런데 꽃 진 자리가 말갛기만 하고 꽈리가 달릴 기미가 없어 의아하기만 했다. 처음에는 그 까닭을 몰랐다. 솔직히 말하면 꽈리가 열매라는 생각조차 하지 못했다. 씨 파내고 불었던 걸 보면 씨가 있으니 당연히 열매인데, 생각이 거기에 미치지 못하고 햇빛이 부족한가 싶어 옥상에 내다 놓았다. 우리 집은 맞은편에 앞집이 없고 옥상으로 나가는 비상구가 있는 구조여서 그곳에다 내놓았는데, 어느 날 태풍이 불어 나가 보니 잎은 피멍이 들고 대는 꺾여 고개를 숙이고 있었다. 뿌리는 살아 있지 싶어서 대를 잘라 내고 다시 물을 주었건만 아무 소식도 없었다.

화단에서 잎이 누렇게 바래고 벌레 먹은 꽈리를 캐다가 화분에 옮겨 심고 산에서 부엽토를 가져다 정성을 쏟았다. 우유 먹고 난 종이컵을 씻어 붓기도 하면서. 어느 날 꽃이 피기 시작했다. 그 친구와 자초지종을 나누다 보니 벌을 만나지 못한 꽃의 운명을 헤아리지 못하고 꽈리가 열리지 않는다고 애만 태운 결과에 도달하고 우리는 같이 웃었다. 친구는 붓으로 수정을 해주라고 했다. 벌이 들어오지 못하게 방충망으로 막아놓고 왜 그 생각을 하지 못했을까. 이 나이 되도록 자연의 이치를 몰랐단 말인가. 꽈리가 열매라는 사실도 몰랐으니 더욱 그렇다.

하루는 의자를 옥상에 내다 놓고 앉아 있는데 날벌레가 와서 얼쩡거리며 날아다녔다. 무심코 손으로 쫓아 보내고 보니 벌이었다. 꼭 내가 왔다는 듯 내 앞에 와서 시위하던 벌, 그래 니가 왔구나. 나는 반가워서 벌떡 일어났다. 그러자 벌은 어디론가 휭하니 가 버렸다. 꽃향내를 맡고 이 높은 곳까지 오다니 나는 반갑고 신기해서 벌의 자취를 쫓았다. 그런 일이 있고 나자 당연히 꽈리가 맺혔다. 와우, 남편한테 나와서 보라고 소리를 질렀다.

방충망으로 막아놓고 열매가 맺히지 않는다고 꽃 진 자리만 노려보던 나, 문득 결혼하지 않고 나이 들어가는 자식들에 생각이 미쳤다. 집집마다 이런 자식이 하나쯤 있는 게 이즈음의 세태다. 우리 집을 비롯하여 동생들 집에도 친구 집에도, 그래서 이 문제에 대해 말하지 않는 게 예의 있는 사람 대접을 받는다. 이들을 방충망으로 막아놓은 건 누굴까. 성인이 된 남녀가 만나 가정을 이루고 자식을 낳는 평범한 이치를 가로막은 건 무엇일까. 나처럼 철없는 어른들일까.

부지런히 꽃은 피고 지는데 열매가 맺히지 않는 까닭을 몰랐던 나처럼 우리 기성세대가 모르는 어떤 난감한 문제가 있는 건 아닐까. 이성에 대한 호기심이나 종족 보존에 대한 본능까지도 차단하고 있는 방충망은 누가 만든 것일까. 세상의 합작품이지 누가 만든 건 아닐 것이다. 한마디로 설명하기 어려운 문제들이 있지만, 결혼해서 살아가기엔 지금 현실이 너무 팍팍하고 앞이 보이지 않는 영향이 클 것이다. 직장을 구하기도 어려운데 월급을 받아 집을 장만하는 것은 엄두도 낼 수 없고 아이를 낳아도 키울 일이 난감한 이런 현실적인 문제를 불 보듯이 보는 데 누가 무모하게 결혼할 것인가. 부모도 그 누구도 해결해 줄 사람이 없다.

딸이라고 차별받지 않고 자라 자유분방하게 살아가는 요즘의 여자아이들은 직장을 가지고 자기 성취에 몰두하며, 가고 싶은 곳을 찾아 여행가는 자유로운 생활에 익숙해 있는데, 이런 걸 반납할 만큼 결혼이 매력적일까. 남자아이들은 그들대로 혼자여서 편한 생활에 익숙해 별 아쉬움이 없는데 가정을 꾸려 가장이 된다는 사실이 두려울 수도 있을 것이다.

방충망을 걷어야 할 책임이 우리에게 있음은 자명한 데, 빛의 속도로 변하는 세상을 따라갈 엄두를 내지 못해 우두커니 보고만 있는 우리, 로봇이 사람 하는 일을 대신하기도 하고 자동화기기가 늘어나 사람의 일손을 소용없게 만드는 이 시대, 일자리를 얻어야 먹고 살고 결혼도 하고 자식도 낳을 텐데. 젊은 남녀를 방충망으로 갈라놓은 책임을 누가 질 것인가. 그러나 세상 탓만 할 것이 아니라 누군가 적극적으로 나서야 한다. 나처럼 생각이 미치지 못해 그럴 뿐, 길이 아예 없지는 않을 것이다.

태어나는 아기의 숫자가 해마다 줄어든다는 것은 우리나라에 내일이 없다는 뜻이지 않는가. 로마가 멸망한 이유 중에 아이를 낳지 않아 인구가 줄어든 것도 그 하나라는 사실을 아는 사람은 안다고 하는데, 『로마 이야기』를 쓴 시오노 나나미는 인구가 줄어든 나라가 망하지 않은 나라가 없다고 하고, 이 지구상에서 최초로 사라질 나라가 한국이라고 말한 학자가 있다고 하니 두려움이 앞선다. 방충망을 걷어낼 묘안을 다 함께 고민할 때임을 절감하게 된다.

어찌 반갑지 아니 한가

  야유회를 한다는 소식을 듣자 문득 축하하고 싶은 마음이
일었다. 캄캄한 터널 속에서 지내다가 드디어 밝은 세상으
로 나가는 듯한 느낌이어서 그랬을 것이다. 코로나 사태로
외출도 어려운 시절을 보낸 끝에 부산수필문인협회가 보내
온 봄소식이었다.

  평소에 입던 옷을 입고 나서는 것은 오랜만의 나들이에 대
한 예의가 아니라는 생각이 들어 멋을 좀 내보기로 했다.

  핀란드 여행길에서 산 원피스를 꺼냈다. 입을 일이 없어 서
랍 속에서 잠자던 옷, 손수 천연염색을 했노라 자랑하던 헬
싱키 광장시장의 여인한테서 산, 우리 눈에는 다소 낯선 옷
이다. 오랜만에 화장도 했다. 크게 출입할 일도 없고 어디를
간다고 해도 마스크 쓰고 다녔으니 화장할 일이 없었는데,
시집가는 색시처럼 곱게 꾸미고 싶었다. 여행 다닐 때 쓰던
챙 넓은 모자와 망사장갑도 찾아냈다.

역마살이 들었다고 어머니에게 핀잔 듣던 내가 기껏 집 뒷산으로 산책을 나갈 뿐, 집에 갇혀 지내느라 몸살이 날 지경이었는데, 야유회를 한다는 소식이 어찌 반갑지 않겠는가.

마스크로 얼굴을 가려서 누가 누군지 얼른 알아볼 수는 없었지만 반가운 마음에 손을 내민다. 이 난리 통에 용케 살아남았다는 안도감이 들어서일까. 코로나 확진자 숫자를 확인하느라 뉴스를 보고 사망자 수를 눈여겨보면서 보낸 세월 끝에 만난 우리, 반가웠다.

같은 시대에 태어나 문단 말석에 발을 딛고, 미증유의 사태를 겪으며 이 질곡의 세월을 함께 살아낸 인연도 예사롭지 않으리라. 프랑스 파리에서 동시대를 살며 활동한 에밀졸라를 비롯, 빅토르 유고와 라이나 마리아 릴케, 이들처럼 역사에 이름을 남기진 못하더라도 함께 야유회를 즐기는 우리의 만남도 소중하지 않는가.

다대포 바닷가에는 보기 드문 꽃, 해당화가 피어있었다. 새싹이 돋아난 갈대밭에는 게들이 분주하고, 바닷가에는 점점이 사람들 모습이 한가롭다. 우리 몇몇은 데크를 따라 걸으며 그동안 소원했던 이야기를 나누었다. 이렇게 봄이면 꽃보러 가고 가을이면 단풍이 우리를 부르는 것이 예사로운 일인 줄 알았는데, 일상이 소중하다는 걸 깨우쳐 주려고 코로나가 우리를 찾아왔는지도 모른다.

학교가 문을 닫아 거리에서 학생들 모습을 볼 수 없고, 마스크 쓴 사람이 드문드문 앉아가는 텅 빈 지하철을 본 것이 코로나가 처음 도착했을 때의 광경이었다. 그때 비하면 이렇게 모여 같이 밥 먹고 담소를 나누며 함께 할 수 있다는 게 꿈 같은 일이 아닐 수 없다.

코로나에 감염된 부모가 돌아가시면 장례를 치르지 못하고 유골함만 전해 받는 상황을 누가 상상이나 했을까. 세상 떠나는 부모를 전송하지 못하는 이 참담한 고개를 넘어 야유회를 갈 수 있는 오늘에 이르렀는데, 어찌 기쁘지 아니한가. 축하하고 축하할 일이다.

5. 다정多情도 병

뜻밖의 변화

수문장처럼 아파트 출입문을 지키던 무화과나무가 싹을 틔우지 않는다. 만물이 돋아나는 봄에 저 혼자 마른 둥치로 서있다. 해마다 열매를 많이 달아 사람들이 오며 가며 따먹었는데. 시드는 기색도 없이 그렇게 단번에 말라버릴 수가 있을까.

우리는 일 층 집을 의심의 눈으로 쳐다보곤 했다. 가지가 우거져 창문을 가려 일부러 그렇게 한 건 아닐까 하고. 그러던 어느 날 그 집이 훅 이사를 가버렸다.

결국 나무둥치는 베어졌다. 나무나 사람이나 난 자리는 커보인다더니, 무성한 가지로 덮여있던 화단이 널찍한 공간으로 변했다. 코로나로 집에 머무는 시간이 많아진 탓도 있지만, 갑자기 넓어진 화단이 휑해서 눈이 자꾸 그리로 갔다. 주로 우리 토종 꽃을 가꾸는 친구한테 한 포기 두 포기 꽃을 얻어다 심었다.

옛 고향 집 마당에 피던 봉숭아며 채송화를 먼저 심었던 것은, 요즘 아이들이 손톱에 꽃물 들이는 아취를 알았으면 하는 마음에서였다. 꽈리를 불어 본 적도 없으리라는 생각에 꽈리도 심었다. 그보다는 떠올리기만 해도 그리워지는 내 마음이 앞섰을 것이다.

친구네 집 정원에 탐스럽게 피어있던 목단 생각이 나서 오일장에서 묘목을 한 포기 사다 심었더니 올해 흰 모란이 세 송이 피었다. 귀하게 대접받는 흰 모란이 행운처럼 나에게 와서 사람들의 눈을 즐겁게 한다. 눈 뜨면 내려가 보고 물을 준다. 치자나무 묘목도 천리향도 사서 심었다.

이렇게 꽃에 재미를 붙이는 나를 보고 친구는 몇 가지 꽃포기를 더 주어서 화단이 풍성해졌다. 노란 창포에 인동초, 돌단풍에 분홍색 함박꽃도 나를 따라왔다. 아침마다 물을 주면서 미처 뿌리를 내리지 못해 고개를 수그리고 있는 꽃들에게 '고개를 들어라'고 이른다. 땅 내를 맡아 제대로 뿌리 내리는 걸 기다리지 못하고 닦달하는 성급함이라니. 사람도 이사를 가면 새로운 곳에 적응하는 데 시간이 걸리는 줄 알면서 기다릴 줄 알아야지, 하다가도 나도 모르게 '고개를 들어라' 하며 주문을 외운다. 물뿌리개도 사고 손 삽도 호미도 실장갑까지 장만해서 전투태세를 갖춘 용병처럼 버티고 서서, 낯설고 척박한 땅으로 시집온 여리고 어린 꽃에게 명령하고 있는 내 꼴이라니. 줄기가 기다란 함박꽃은 성화에 못 견디겠다는 듯이 허리를 굽힌 채 얼굴을 들고 나를 빤히 쳐다보는데 웬일로 가슴이 철렁했다. 가져올 때 꽃을 물고 있었는데 봉오리가 간데없다. 올해 꽃 보자고 하지 않을 테니 뿌리만 잘 내리거라. 재촉해서 미안하다고 사과를 했다.

그런가 하면 작년에 얻어다 심은 등심붓꽃은 잎끝에 보라색 꽃을 물었고 꽈리는 주변이 넘치도록 새순이 올라온다. 봄은 땅 밑에서 먼저 오는 듯 채송화도 소복이 올라오고 있다.

아침마다 화단에 내려가 풀 뽑고 물주며 꽃 가꾸는 재미에 취해있는 내게 이웃 사람들이 인사를 하기 시작했다. 곁에 와서 꽃 이름을 물어보는가 하면 예닐곱 살 되는 남자아이는 뭐 하느냐고 말을 붙이기까지 한다. 생각지도 않은 변화에 어리둥절해질 지경이다. 어린 남자아이가 궁금해하며 물어올 때는 묻지도 않은 꽃 이름을 가르쳐준다. 하루는 쪼그만 여자아이가 아빠 손을 잡고 가면서 "꽃이 울어요" 하길래 꽃이 왜 울지, 했더니 비를 맞아서 그렇다고 했다. 그러면서 꽃도 피지 않은 나리를 손으로 가리키면서 무슨 꽃이냐고 묻는 게 아닌가. 꽃인 줄 어떻게 알았을까. 호기심이 많은 모양이라 했더니 그렇다고 했다. 이제 네 살이라는데. 이렇게 맑은 영혼을 만나다니.

내 마음에도 변화가 왔다. 침 맞으러 다니던 동네 한의원

원장이 전원생활을 하러 떠난다는 말을 듣자 그 용단에 감탄하는 마음이 되었다. 이제 육십이 조금 넘은 나이에 스스로 업을 접는다는 건 아무나 하는 일이 아니다. 더구나 전문직인데. 만약에 직장에 정년이 없다면 스스로 퇴직하는 사람이 몇이나 될까. 축하 선물로 꽃모종을 몇 포기 드리고 싶다며 의향을 물었더니 곁에 있던 부인이 손뼉을 치며 좋아했다. 야생화를 가꾸고 싶었다면서. 얻어다 심은 꽃들을 나누어 줄 수 있어 신이 났다. 꽈리 두 포기, 구절초 두 포기, 그리고 등심붓꽃 한 묶음을 포스트잇에 이름을 써 붙여 건넸다. 산속 새로 지은 집 마당에 이 꽃들이 피어날 걸 생각하면 마음이 기쁘다.

무화과나무 베어진 것이 서운키 한량없더니 그 자리에 꽃들이 피어나고 그 꽃들을 나누면서, '죽을 모퉁이에 살 모퉁이 있다는' 어머니 말씀이 생각났다. 어려운 일 겪어도 좌절하지 말라는 부탁 말씀이었을 텐데, 빈 땅이 꽃밭으로 변한 데다 덤으로 꽃을 나눌 수 있어 내 딴에는 여간 신기한 게 아니었다.

게다가 본척만척 지내던 이웃들이 인사를 나누는 사이가 되었고 시간이 남아돌아 할 일 없는 내가 눈 뜨면 내려가 돌보는 놀이터가 되었다. 거기다 올봄에는 죽은 듯이 있던 무화과 뿌리에서 새싹이 돋기 시작했다. 본래 주인이었으니 자리를 차지하는 건 당연한 일이다. 나무가 자라 우거지기까지는 한참 걸릴 테니 그때까지는 나의 즐거움이 자리할 것이다.

다시 조밥을 지으며

뒷산 계곡에 버들치가 산다. 몸 색깔이 바닥과 비슷해서 자세히 보고 있어야 물고기인 줄 안다. 움직임이 많은 날은 떼지어 다니기도 하고 아이들이 과자라도 던져주면 바글바글 모여들기도 한다.

이걸 잡겠다고 패트병에 된장을 풀어다 넣는 사람도 있고, 아예 그물을 가지고 와서 물가로 내려가는 사람도 있다. 아이들이 그럴 때는 잡으면 놓아 주라고 부탁도 하지만 어른들이 그럴 때는 산지기라도 되는 양, 여기는 자연보호구역이라며 말리기도 하고, 저렇게 노는 물고기가 얼마나 보기 좋은데 왜 잡아먹을 궁리만 하느냐며 애를 태우기도 한다.

하루는 애들과 함께 뜰채로 고기 잡는 젊은 사람에게 남편이 느닷없이 호통을 치는 바람에 가슴이 덜컥 내려앉았다. 요즘처럼 무서운 세상에 당신이 뭐냐고 대들면 그 낭패를 어쩌려고 그러느냐며 옷자락을 잡아끌며 산을 내려왔다. 그들도 부모인데, 아버지가 남한테 야단맞는 꼴을 보여서야 되겠는가. 좋은 말로 하지. 그들은 산에 와서 재미로 하는 놀이 정도로 생각할 것이다. 고무신에 물고기를 담아 들고 집으로 가던 어린 날의 우리처럼.

그러나 요즘같이 먹거리가 넘치는 세상에 그 쪼그만 물고기를 잡아먹겠다고 덤비는 어른들을 보고 있으면 같은 인간이라는 사실이 부끄러울 때가 많다. 남편은 구청에 전화를 해서 고기 잡지 못하게 팻말이라도 세우라고 건의를 했지만 지금까지 소식이 없다.

누가 가져다 넣었는지 비단잉어도 있고 금붕어도 있어서 버들치와 어울려 다니는 걸 보고 있으면 탱크 옆에 줄지어 가는 자전거 같아 그들을 보는 재미가 한가롭다.

조밥을 해다 주면 고기들이 잘 먹는다는 말을 듣고 좁쌀을 한 되 사다가 밥을 해서 던져주었다. 기다렸다는 듯이 모여와 노란 조밥을 하나씩 물고 가는 양이 여간 이쁜 게 아니다. 물고기들이 몰려오니 곁에서 보는 사람들이 고기가 많다고 놀라기도 하고 저걸 잡아다 매운탕을 해 먹으면 맛있겠다고 한마디씩 하는 것이었다. 계곡 따라 나무로 된 길이 나 있어 사람들이 끊임없이 오르내린다는 걸 미처 생각지 못했다. 공연히 사람들을 자극해서 물고기들이 위험하게 생겼다. 사람눈을 피해 밤에 불을 켜고 고기를 잡아가는 사람이 있었다는 소문도 들려서 그 후로 조밥 해가는 일을 그만두었다. 자연 속에서 자연스레 먹이를 찾아 먹고 살 테니 사람들을 자극할 일을 만들지 않는 게 상책이다.

그러던 어느 날 오리 두 마리가 나타났다. 가슴이 덜컥 내려앉았다. 천적이 나타난 것이다. 물고기 잡는 사람한테는 눈에 불을 켜고 말렸지만 어쩔 수 없는 상황이 전개되고 있었다. 도대체 저 오리는 어디서 왔지, 이 산속에 물고기 있는 줄 어찌 알았을까. 혹시 낙동강 하구로 가다가 잘못해서 여기로 온 건가. 혼자 이런저런 궁리를 했지만 소용없는 일이었다. 맥이 풀렸다. 어떤 날은 한 마리만 보였다가 어떤 날은 보이지 않기도 했다. 돌멩이를 던져 쫓아버릴 수도 없는 일이라 체념을 했다. 저 물고기 다 없어져야 저것들이 가겠지.

그러던 어느 날, 새끼를 너댓마리 거느리고 있는 오리를 봤다고 남편이 놀라워했다. 그 말을 듣자 내 마음이 오리한테 기우는 걸 느꼈다. 그 사이 새끼를 깠구나. 한번 보고 싶었다. 물고기를 잡아먹을 식구가 늘어난 상황인데 그 걱정은 하지 않고 새끼 거느린 오리가 보고 싶었다. 요즘은 병아리 깐 어미 닭도 보기 드문데 오리 가족이라니 진귀한 광경이 아닐 수 없다.

그러던 어느 날 밤새도록 폭우가 내렸다. 무섭게 쏟아지는 빗줄기를 보며 산에 사는 것들이 걱정되었다. 오리는 새끼들을 잘 건사했는지, 물고기들은 떠내려가지 않고 잘 버텼는지, 이튿날 누렇게 변한 계곡물이 굉음을 내며 내려꽂히는 광경을 보며 절망감이 나를 덮쳤다. 아니나 다를까. 탱크처럼 유영하던 비단잉어도 금붕어도 보이지 않았다. 물이 조금 빠진 다음 날도 다음 날도 보이지 않았다. 그 큰 덩치도 떠내려갔는데 버들치는 온전할까. 흙탕물이 조금씩 맑아지던 어느 날, 오리가 오도카니 혼자 헤엄을 치고 있었다. 새끼들을 다 쓸려보내고. 어미 따라 종종걸음치던 것들이니 날지도 못했을 테고 그 물살에 휩쓸려 가버린 모양이었다. 자식을 잃어도 따라 죽을 수 없는 사람처럼 어미 혼자 물속에 머리를 박고 있었다. 물살이 세고 물이 탁하기도 했지만 버들치는 보이지 않았다.

　나는 다시 조밥을 해서 산으로 갔다. 비교적 물살이 잔잔한 쪽으로 던졌더니 작은 물고기들이 노란 조밥 덩어리 위로 왔다 갔다 하는 모습이 보였다. 숫자가 많이 줄긴 했지만 살아 있는 것이 고마웠다. 폭포같이 휩쓸려 내려오는 물살을 어떻게 피했을까. 바위 밑에 안전하게 피신할 공간이라도 있었던 것일까. 없던 자갈 더미가 곳곳에 쌓여있고 갈대도 부들도 쓰러져 바닥에 널브러졌는데 어디 피할 곳이 있었을까. 장하다 장하다 나는 조밥을 뭉쳐서 곳곳에 던졌다.

　그리고 문득 이런 생각이 들었다. 물고기들이 살아야 오리

도 살 것이고 그래야 새끼도 기르겠지. 천적이라고 미워했
더니 함께 살아야 할 생명임을 폭우가 나에게 일러주었다.

어느 도시의 인상

기차를 타고 동대구역에 내렸다. 부산에서 한 시간이 채 걸리지 않는 거리다. 한때는 자주 오던 곳인데 거의 삼 십여 년 만에 온 것 같다.

언제 생각해도 손 아픈 동생이 사는 곳, 아무 연고도 없는 이곳에 뿌리내려 자식 낳고 살고 있다. 조카들이 여기 대학을 나와 밥벌이를 하고 있으니 그들에겐 고향이나 다름없다.

사람은 태어난 곳보다 사는 곳이 우선인지, 야구 경기를 보며 응원할 때도 롯데보다는 삼성 편이 된다고 했던 것 같다. 부모님 살아계실 때는 일 년에 서너 번은 볼 수 있었는데, 점차 뜸해져 얼굴 볼 일이 없어지고 전화로만 안부를 묻곤 한다.

그런 중에도 포항 나들이를 갔다면서 대게도 사 보내고 텃밭을 일군 올케는 푸성귀를 넘치도록 보낸다. 그러던 동생이 최근에 심장 혈관이 좁아져 스탠드를 박았다는 소식을 들고 놀라 찾아온 길이다. 구급차를 타고 급하게 병원으로 가서 며칠 입원했다는 말을 듣고, 동생들이 아프기 시작하는구나 라는 생각에 정신이 번쩍 들었다. 화들짝 놀랬다고 할까. 이러다 더 험한 소식을 듣는 날이 오기도 하겠다는 두려움에 부랴부랴 나선 길이었다.

그런데 역에 내려섰을 때부터 어떤 기억이 스멀스멀 올라오기 시작했다. 처음에는 기분이 썩 좋지 않은 느낌이었는데, 갈수록 명료해지면서 뚜렷하게 다가왔다. 이십 년도 훨씬 지난 옛일이.

대구효성가톨릭대학교 대학원에서 뒤늦게 상담심리를 전공하느라 거의 이삼 년을 오르내린 적이 있다. 동대구역에 내려 버스를 갈아타고 하양으로 갔다가 수업을 마치면 다시 그 길을 되짚어 부산으로 돌아오는 일을 반복했다. 그때는 KTX도 없어 오르내리는 시간이 많이 걸렸다. 그날도 돌아오는 길에 기차 시간이 급해서 역 플랫폼으로 뛰어가다가 커피를 손에 들고 오는 아가씨와 부딪쳤다. 아마도 쏟아져서 옷을 버렸던 듯 남은 커피를 내 옷에 확 던지는 게 아닌가. 하늘색 웃옷을 입고 있었는데 그때 왜 나는 걸음을 멈추고 따지지 못했을까. 일부러 그렇게 한 것도 아닌데 커피를 뒤집어쓰고 그냥 뛰다니. 기차를 놓치면 다음 차를 타고 오면 되지, 부모뻘 되는 사람한테 그게 할 짓인가. 그 분함이

역에 내린 순간 살아난 것이다. 그녀가 친구인 듯 한 두어 명과 가벼운 차림으로 들어오고 있었으니 대구에 사는 사람이었을 것이다.

생각해 보면 대구와는 인연이 있는 편이다. 학교를 졸업하고 친구들은 대학으로 직장으로 떠나고 나는 병든 어머니 곁에 남았을 때, 유일하게 기다린 것은 우체부가 타고 오는 자전거 소리였다. 편지를 보내오던 그는 대구에서 대학을 다니고 있었다. 그곳이 고향인 친구 사촌 오빠의 학우였다. 되돌아보면 내 인생에서 가장 암울한 시기였던 그때, 그 편지보다 위로가 되는 일이 어디 있었을까. 그 뒤 직장을 따라 집을 떠나면서 그와의 인연도 끝났지만, 대구 하면 먼저 떠오르는 사람이다.

결혼을 하고 신혼여행을 갔던 곳도 대구였다. 수성못 근처에 있던 수성호텔에서 첫날밤을 보내고 합천 해인사로 가던 길. 그리고 좋은 지도교수님 만나 뒤늦은 배움을 불태우던 곳이다. 학위를 따고 얼마 뒤 그 교수님이 미국 여행길에 교통사고를 당해 돌아가시고 초상에 왔던 것을 끝으로 대구에 더 올 일이 없었는지도 모른다. 아니 다시 생각해 보니 그 뒤로 문학 세미나가 있어 한 번 왔던 기억이 나고 직장 일로도 두어 번 왔던 것 같은데, 승용차로 움직여서 그랬을까. 어찌 그리 기억 속에서 까맣게 사라진 곳이 되었는지.

낯설던 대구말의 억양이 귀에 익도록 함께 공부했던 학우 중에는 목회자가 많아서 각자 임지로 떠나는 바람에 대구와 더 멀어졌는지도 모른다. 그 멋지던 신부와 수녀들이 대구에 살고 있었더라면 그들을 만나러 왔을 텐데.

　이렇듯 어떤 도시보다 인연이 많은 곳임에도 대구역에 내렸을 때 다가오던 그 불쾌한 느낌이라니. 갑작스러운 일에 닿으면 본성이 드러나는 법, 새파란 젊은 애한테 그런 행패를 당하고 그냥 와버린 나도 한심하기 이를 데 없다.

　이 얘기를 들은 동생은 그때 그렇게 가기를 잘했다면서 그런 인간이면 더 한 모욕을 줄 수 있을지도 모른다고 했다. 집에 돌아와서 이 얘기를 하자니 새삼 울화가 치미는 나한테, 대구 사람 중의 한 사람일 뿐이라고 남편은 말했지만, 그 도시의 인상은 이런 사람이 결정짓는 게 아닐지.

다정多情도 병

책상머리에 오랜만에 경구警句를 하나 써 붙였다. 〈다정多
情도 병〉이라 고. 어렸을 때 책상 앞에 공부에 관한 글귀를
써 붙인 적은 있었던 것 같은데, 이렇게 나이 들어서까지 나
에게 일러야 될 말이 있을 줄은 몰랐다.

정이 많아서 그런지 마음이 잘도 나서서 그대로 따라 하
는 편인데, 이번에는 나를 단단히 조심시켜야겠다고 다짐
을 한다. '제 천성 개 주겠느냐'는 말이 있는 걸 보면 쉬운 일
은 아니겠지만, 일단은 이 글귀를 자주 쳐다보며 나를 일깨
울 참이다.

뒷산 어귀에 농사짓는 노인네가 산다. 산책을 가다 보면 부
지런한 아저씨가 비지를 거름으로 뿌리기도 하고 한약 찌꺼
기를 땅에 묻기도 한다. 밭을 공단같이 가꾸어서 고추며 가
지를 심어 가지런한 것이 여간 보기 좋은 게 아니다. 산바람

을 맞고 자란 채소는 단맛이 돌아서 풋고추를 사면 나누어 먹기도 한다.

봄이면 집 언저리에 매화며 복사꽃이 피어서 꽃 대궐을 이루고, 꽃이 어찌 이리 이쁘냐고 하면 매실이 많이 달려야지 꽃만 이쁘면 뭐하느냐고 장사꾼다운 대답을 하기도 한다. 여름이 다가오면 아주머니는 매실이랑 돌복숭을 들고 하단 장에 나온다.

토종닭도 놓아먹여서 그 집 달걀을 사려면 아침 일찍 가야 얻어걸릴 수가 있다. 그러던 어느 날, 장에 아주머니가 보이지 않아서 옆에 사람에게 물었더니 아저씨가 작두에 손가락을 날렸다고 했다. 그 손으로 농사짓고 그 손으로 키운 야채를 사 먹었는데, 한쪽 손이 그 모양이 되었다니 여간 걱정이 아니었다. 그렇잖아도 남의 땅에 농사지으며 움막 같은 함석 집에 사는 그 이들이 마음에 걸렸는데 그런 일을 당하다니, 전문병원에 바로 갔더라면 손가락을 다시 붙일 수도 있었을 텐데, 고기라도 한 근 사드리라고 돈을 조금 드린 적이 있다. 아저씨는 그 후로도 농사일을 계속했다.

김장철이 돌아왔다. 식구라야 둘 뿐이어서 김치가 크게 필요하지 않는데도 배추가 자꾸 눈에 들어왔다. 그 노인네들이 기르는 배추는 속이 덜 차고 푸른 잎이 많아 자주 쳐다보곤 했다. 시집간 아이는 저희 시댁에서 해 보내니 걱정이 없지만 굴 넣고 버무린 생김치를 좋아하는 아이들 생각이 났다.

하루는 큰맘 먹고 농장 가까운 곳에 자동차를 대놓고 밭에서 바로 배추를 샀다. 속이 찬 배추 네 포기에 알이 배지 않은 푸른 잎 배추를 조금 사 왔다. 뒤에 누구한테 말했더니 그게 김장이냐고 눈 감고도 하겠다며 핀잔을 주었지만, 허리가 아파 그것도 중간중간 쉬어가며 했다. 아이들에게 맛이나 보라고 조금 보내고 김치통을 채우고 나니 비로소 마음이 놓였다. 그리고 목욕을 갔다 와서 쉬었더라면 아무 일도 없었을 텐데, 못 말리는 인정이 발동이 걸린 것이다.

해마다 내 소개로 그 농장에서 무를 사다 먹는 이웃이 올해도 부탁을 했다. 나는 배추도 좀 사라고, 잎 푸른 배추가 좋더라고 장황하게 늘어놓으며 부추겼다. 무는 전화만 하면 실어다 주지만, 배추는 눈으로 보고 골라야 하니 친절하게도 내 차로 모시고 갔다.

오후 네 시나 되어서야 주인과 통화가 되어서 해거름에 산으로 가니 추웠다. 배추가 얼지 않도록 덮어둔 천을 걷어내고 배추 뿌리를 자르고 모아서 나르는 동안, 굼뜬 노인들의 일손이어서 시간이 많이 걸렸다. 한 사십 포기는 넘는 것 같았다. 지키고 서 있자니 감기나 들지 않을지 겁이 났다. 무를 심어놓은 곳으로 이동해서 그 작업을 또 했다. 올해는 예년에 비해 무가 작았다. 반쯤은 동치미 담을 만한 정도의 크기였다. 무가 잘아서 손이 많이 가겠다고 사는 사람이 트집을 잡았다. 시장바닥에 앉아서 팔면 온종일 앉아 있어야 될 텐데 제자리에서 이렇게 파니 수월하지 않느냐고 압박을 넣자, 주인은 다른 것도 팔지 이것만 파는 게 아니라고 자기 할 말을 다 하고 있었다.

외할머니 떡도 싸야 사 먹는다는 말이 있듯이, 같이 간 이웃은 배추를 사면서 은근히 그 이들 편드는 나를 못마땅해했다. 좋은 배추 먹으려고 오기는 왔지만 너무 계산을 밝힌다는 거였다. 도와주는 것은 도와주는 거고 계산은 계산이라면서 나를 타박했다. 김장을 한 끝이라 몸도 부실한데 추운 산비탈에 서서 벌벌 떨며 이런 말을 들어야 했을까. 쌈이나 싸 먹을 저런 배추는 다른 데 가면 거저 끼워주는 데 너무 셈을 밝힌다는 거였다.

간 김에 나도 무를 한 묶음 산다고 했더니 사는 김이라며 내 것까지 계산을 해주어서 무가 공짜로 생겼지만 하나도 반갑지 않았다. 공연히 그랬다 싶어 후회가 되었다.

돌아오는 길에 같이 온 그이 여동생이 트럭 앞자리에 앉을 자리가 없어서 내 차로 그 집까지 데려다주었다. 아저씨가 싣고 온 배추를 내릴 동안 나는 왜 지키고 서 있었을까 그냥 돌아오지 않고. 그날 저녁 "자기 물건은 금덩이같이 알고 남의 돈은 종이로 아는 모양"이라는 전화를 받았다. 내년에는 배추 사라는 소리 하지 않으마고 했다.

 밤새 땀을 흥건히 흘리며 자고 난 다음 날 아침, 병원에 가서 링거를 맞았다. 삼 일 치 약 처방을 받고 돌아와서 〈다정多情도 병〉이라는 경구를 써서 붙여두었다. 정도껏 하지, 나는 왜 남의 일이 내 일처럼 아프고 안타깝고 그럴까. 자제를 해보려고 한다. 이 글귀를 자주 쳐다보면서.

집중한다는 것

 야구선수 류현진을 좋아하는 것은 그 배포를 좋아하는 까닭이다. 수만 명의 관중이 함성을 지르는 운동장, 투수석에 혼자 서서 공을 던지는 순간의 집중력을 보고 있으면, 사자가 먹이를 덮칠 때의 긴장감 같은 게 느껴진다.

 어쩌면 류현진이라는 선수 자체보다 그가 보여주는 집중력과 여유를 좋아하는지도 모른다. 출발선을 총알같이 튀어나와 순식간에 결승선에 도달하는 백 미터 선수도, 공중에서 쏜살같이 내려꽂히는 솔개에게도 그와 같은 역동성이 느껴져 눈이 가는가 보다.

 상대 타자가 공을 칠 수 없도록 오직 그 한 가지에만 집중하는 모습이 보기 좋다. 직구든 체인지업이든 자신이 원하는 구종으로 상대를 제압하는 모습을 보고 있으면 야구는 투수의 능력에 달렸다는 생각이 든다. 특히나 만루 같은 어려운 상황일 때 흔들리지 않고 그 위기를 빠져나오는 양을 보면 더욱 그렇다. 그 절체절명의 순간에도 여유 만만한 모습에 반해서 펜이 생기는가 보다.

그렇다고 내가 야구 경기를 좋아하는 것도 아니다. 간혹 봉황대기 같은 고교생들의 시합이 있을 때, 부산에 적을 준 팀이 결승까지 올라가는지 유심히 살피는 정도다. 그러고 보면 경기 자체보다 결정적인 순간에 여유를 잃지 않는 그 배포를 부러워하지 싶다.

최근에 남성 사중창단을 뽑는 팬텀싱어라는 TV 경연 프로가 있었다. 힙합이건 가곡이든 어떤 유형의 노래든 소화할 수 있는 크로스오버를 기치로 내건 프로그램이었는데, 성악을 하는 사람들이 주로 참여했다. 한다하는 유명대학에서 유학하던 학생들이 대거 참여해서 오랜만에 귀가 즐거웠다. 경연에서 살아남기 위해 그들이 최선을 다하는 모습이 보기 좋았다. 평소에 갈고닦은 실력을 최대한 발휘하겠다는 그 집중력이 진지하게 드러나고 있었다. 독창으로 시작해서 이중창, 삼중창을 해가는 과정에서 좋은 화음을 만들어 내며 모처럼 젊고 멋진 분위기를 연출했다. 그런 중에도 내 눈길을 끌었던 사람은 예일대학에서 성악을 공부한다는 존노 라는 이름의 키 작은 학생이었다. 대개 성악 하는 사람들은 정장을 하고 제자리에 서서 노래를 하는 게 보통인데, 편안한 옷차림으로 나와서 춤추는 것처럼 몸을 흐느적거리며 노래를 불렀다. 힙합하는 아이돌처럼. 그 긴장된 순간에 그렇듯 운율에 몸을 맡기는 걸 보며 영혼이 자유롭구나 하고 단박에 관심이 쏠렸다. 가사도 외워야 하고 곡도 바르게 불러야 하는 그 긴장을 춤추듯 한다는 건 아무나 할 수 있는 일이 아니기 때문이다. 류현진의 배포도 저런 여유에서 나오는 것일 테니, 둘이 닮았다.

메인 데 없이 자유로워 보이던 그는 결국 유일하게 판소리를 하는 사람과 한 팀을 만들어 '흥타령'을 부르는 파란을 일으켰다. 국악을 처음 불러본다고 했다. 성악 하는 사람이 부르는 국악은 멋있고 새로웠다. 한때 나도 잠시 배우려고 시도했던 흥타령을 그 젊고 씩씩한 목소리로 듣는 재미가 보통이 아니었다. 뒤에 부산 벡스코에서 공연을 봤다. 그 프로를 재미있게 봤다는 내 말을 예사로 듣지 않고 딸이 입장권을 사 보내주었다. 방역 때문에 띄엄띄엄 떨어져 앉아서 보긴 했지만, 경연이 아닌 공연이다 보니 더 자연스럽고 흥겨웠다. 거기서도 그는 눈에 띄게 자유로워 보였다. 어떤 한계를 벗어난 듯한 모습이었다고 할까.

가만히 생각해 보니 우리 춤을 배우고 싶었던 내 마음속에 저런 긴장과 유연함을 좋아하는 성향이 한몫했음을 알수 있었다.

춤은 부드럽고 흥겹지만, 한순간도 몰두하지 않고는 출 수가 없다. 당연히 순서도 익혀야 하고 춤사위도 익혀야 하는 이중고를 견뎌야 한다. 우리 춤을 배운 지 십 년이 넘어도 살풀이를 혼자 출 수 없는 내 실력으로는 체인지업이니 슬라이드니 하는 기술을 연마해서 본인이 원하는 구속을 내는 류현진이나 춤추듯 노래 부르는 존노가 부럽다.

자진모리, 중머리 등, 각기 다른 가락에 맞추고 또 다른 사람과도 보조를 맞춰야 하는 춤은 연습이라 해도 가슴이 콩닥거린다. 어쩌다 공연이라도 하는 날은 미리 청심환을 먹고 긴장하는 나를 진정시키는 방법을 찾는다. 남 앞에 선다는 일이 예삿일이 아닌 까닭이다. 백전노장인 가수 나훈아도 연습밖에 없다며 연습실에 제일 먼저 나온다는 걸 보면 류현진도 피나는 노력이 뒷받침됐음을 알 수 있다.

긴장과 유연함이 같이 가는 춤이 그래서 어렵고, 노래 실력을 발휘하면서도 몸을 자유롭게 움직이는 존노가 그래서 대단해 보이는 것일 것이다.

아무래도 이생에서는 살풀이를 추지 못할 것 같다. 그렇잖아도 굼뜨고 둔감한데, 코로나 때문에 이 년이 넘도록 연습을 하지 못하고 있다. 연습복은 그곳 서랍에 넣어 둔 채로 있으니 곰팡이가 피었을 텐데 아직도 기약이 없다.

언제고 좋은 날이 오겠지. 그때까지 잘 참으면서 춤은 출 수 없더라도 좋아하는 노래를 듣고 좋아하는 선수 경기를 보면서 이 난국을 헤쳐 나가야지.

암묵적 약속

집에서 멀지 않은 곳에 무인無人 찻집이 있다. 오천 원만 내면 입맛대로 차를 마실 수 있고 마음 놓고 앉았다 올 수도 있다.

남의 장삿집에 가서 누구 눈치도 보지 않고 차를 마신다는 게 처음에는 퍽 생소했다. 원두커피를 비롯, 녹차며 국화차 등 갖은 차들이 준비돼 있고 식빵도 토스터에 구워 먹을 수 있는가 하면, 옥수수 튀긴 것이며 자잘한 과일까지 준비돼 있다. 단지 돌아갈 때 자기가 쓴 찻잔을 깨끗이 씻어 놓고, 앉았던 자리를 정리하고 가면 그뿐이다.

주인은 마당에서 어슬렁거리며 개를 돌보기도 하고 울타리를 고치기도 하지만, 정작 돈을 넣는 통은 집 안에 있다. 사람 수만큼 계산을 해서 넣기만 하면 되는 것이다.

한번은 친구 세 명이 갔는데, 잔돈이 없어서 낭패한 적이 있다. 이만 원을 내면 주인이 오천 원을 내주는 것도 아니다 보니, 지갑을 있는 대로 털어서 그 돈을 맞추느라 애를 먹었다. 누가 보는 것도 아닌데 그냥 두 명 값만 내면 안 될까 하는 생각이 스치기도 했다. 불편이 있다면 이런 경우를 대비해 잔돈을 준비해야 하는 정도이다.

몇 번을 들락거리고 주인과 얼굴이 익자 나는 사람들이 정직하게 찻값을 내고 가는지 묻고 싶어졌다. 내 속의 의심증이 발동한 것이다. 사람을 믿고 하는 일인데 사람을 의심하느냐고 묻는 것 같아 물어보진 못했지만, 나는 갈 때마다 왜 그게 궁금할까. 사람의 양심을 믿고 일을 시작했을 테고 설사 그런 사람이 있다 한들, 그 정도야 각오하고 한 일일 것이다. 그런데 내가 왜 신경이 쓰인단 말인가.

사람이 지키고 있지 않는 장삿집은 정직하게 해달라는 주인의 요구가 깔려있고, 그곳에 가는 것은 그렇게 하겠다는 응답일 테니, 이미 암묵적인 약속이 돼 있는 것이다, 감시하는 눈이 없다는 것, 그건 자유를 의미한다. 자유를 누리는 데는 그만한 보답이 따라야 하는 것, 그런데 나는 왜 자꾸 의심이 가는 것일까. 혹시 내 마음 저 밑바닥에 남의 눈 속이고 슬쩍 하고 싶은 욕구가 도사리고 있는 건 아닐까.

지난여름, 미국에 있는 딸한테 갔다가 체리농장에 가게 되었다. 그곳에서는 먹는 것은 얼마든지 따 먹어도 되고 가져가는 것만 무게를 달아 계산을 했다. 자기 농장에 온 사람이면 누구에게나 체리를 대접하겠다는 듯이.

사람을 귀하게 여기는구나 라는 생각이 들면서 한편으로 어리둥절해지는 계산법이었다. 몇 사람이 오든 그것도 상관하지 않았다. 우리는 다섯 명이 갔다. 그 농장에서는 계절 따라 블루베리도 사과도 그렇게 판매한다고 했다. 어린아이가 있는 집에서는 여름부터 가을까지 과일을 따러 가는 게 연례행사가 되어 너나없이 그날을 기다린다고 한다.

들어갈 때 신용카드를 맡기고 체리를 담을 하얀색 바께스를 받아 왔다. 돈으로 내려면 20불을 맡기고 나중에 계산을 한다고 했다. 체리 나무가 있는 곳도 농장 입구에서 차를 타고 한참을 들어가야 했다. 태워다 주는 차가 따로 있는 게 아니라 자기 차를 가지고 자기 농장에 가듯이 마음 놓고 달렸다. 얼마나 넓은 곳이든지 표지판을 따라가다 놓쳐 다시 돌아 나오곤 했다. 그곳에는 물론 지키는 사람도 없었다. 수십 년은 넘었을 것 같은 굵은 나무둥치에 익어가고 있는 체리뿐, 아빠 등에 목말을 타고 체리를 따는 아이들을 보며, 이보다 아름다운 그림이 있을까 하는 생각이 들었다. 대학생으로 보이는 아이들은 자동차를 아예 나무 밑에 주차해 놓고 차지붕 위에 올라가 따고 있었다.

가족끼리 친구끼리 야외에 있는 농장에 나와서 그 푸른 들판에 안겨 내 집인 양 마음껏 따먹고 하루를 즐기는 사람들을 보며 얼마나 부럽던지, 한국에 있는 손자들 생각이 났다. 근처 옥수수밭에는 스프링클러가 물을 뿜어대고 하늘에는 뭉게구름이 떠 있는 한가한 오후, 마음이 절로 느긋해졌다.

사람값이 비싼 곳이니 인부를 대지 않고 과일을 따고 팔 수 있는 괜찮은 셈법이라는 생각을 하면서도 사람대접을 받는 듯한, 고맙고 따뜻한 마음이 일었다.

체리 값으로 지불한 돈은 10불이었다. 우리 돈으로 만 원 정도였는데, 가게에서 사 오는 양의 몇 배는 되는 것 같았다. 그리고 모르긴 해도 따온 것보다 많이 먹지 않았을까. 공짜라고 얼마나 먹었던지 돌아와서도 배가 부글거려 애들 보기 민망해 혼이 났다. 평소에 체리를 못 먹어 안달이 난 것도 아닌데 어쩌자고 그리 욕심을 부렸는지, 대책 없는 내 식탐이 부끄러웠다.

그런데 내 의심증이 슬며시 고개를 내밀었다. '체리를 자동차 안에 감춰두고 일부만 가져가도 아무도 모르겠네'. 농장 주인이 의심하지 않는 일을 내가 왜 신경을 쓰는지, 사람을 의심하는 이 버릇은 어디에서 연유하는 것일까. 믿어주기 때문에 더 정직해지는 마음을 우리 동네 찻집에서도 경험했으면서 왜 이 생각이 또 드는 것일까. 이런 내가 마음에 들지 않아 씁쓸한 날이었다.

온 힘을 모아서

겨울이 시작되자 아파트 화단에 심어둔 목단 가지에서 빨간 순이 나오기 시작했다. 새 주둥이같이 뾰족한 순이. 봄에 움을 틔워도 될 텐데 왜 일찍 나와 저 고생을 하나 싶어 마음이 쓰였다. 목련도 꽃봉오리를 맺은 채 겨울을 나더니 추위를 겪어야만 꽃을 피우는 과업을 지닌 꽃들이 있는 모양이다. 유난히 꽃송이가 크고 화려한 모란은 자잘한 송이를 피우는 꽃나무와 그 점에서 다른가. 그리고 보면 목련도 꽃송이가 크고 우아한 것이 남다른 자태를 보여주는 데, 등산을 하다가 산에서 만나는 산목련의 그 청초하고 맑은 꽃 빛도 추운 겨울을 견딘 봉오리의 공덕이었던가 보다

어린 날 혹독한 환경을 이기고 자라난 사람이 갖는 의연함은 범접할 수 없는 무엇이 있던데, 꽃이나 사람이나 그런 면에서 같은가. 그러나 사람은 스스로 원해서 그런 환경에 놓이는 게 아닐 텐데, 저 꽃은 왜 스스로 그러한지.

겨울을 잘 견디라고 생선 찌꺼기를 뿌리 곁에 묻어두고 벽돌로 눌러놓았다. 봄이 돌아오자 그 빨갛던 움에서 싸리버섯처럼 가느다란 새잎들이 나와서 두 손 모아 기도하듯이 모여 있다. 안에 뭐가 있기에 저렇듯 감싸 안고 있는지 궁금했다. 잎을 펼칠 생각도 않고 다 함께 온 정성을 다하고 있었다. 오며 가며 들여다보아도 안은 보이지 않고 움이 터진 곳마다 하나같이 잎들이 손을 모아 기도를 하고 있다. 그런 중에도 잎이 조금씩 커가는 게 보였다.

날이 조금씩 따뜻해지자 그 가느다란 잎들이 차츰 펼쳐지기 시작하는데 그 속에 꽃망울이 들어있었다. 추위에 다칠세라 그렇게 감싸 안고 있었다니, 잎과 꽃이 함께 피어날 날을 대비하는 모습이 경이롭기까지 했다.

따뜻해지는 날씨 따라 오므렸던 잎들이 서서히 펴지기 시작했다. 꽃망울을 혼자 두어도 괜찮을 때가 됐다는 듯이 잎들이 제자리를 찾아가기 시작했다. 그런 중에 꽃망울은 점점 부풀어 오르며 자기 할 일을 스스로 하고 있었다. 무엇보다 자기 임무가 끝났다는 듯이 어깨를 활짝 펴며 자세를 넓혀가는 이파리의 당당함이 눈부시게 좋아 보였다.

누가 그랬던가. 아무리 꽃 중에 왕이라는 모란도 잎이 받쳐주어야 자태가 살아난다고. 꽃과 같은 가지에서 나기 시작했지만 잎이 커가는 기세는 대단했다. 손바닥을 마음껏 펼치는 아기처럼 초록 잎을 키워가는 이파리는 꽃망울보다 당당하고 의젓해서 언제 꽃을 감싸고 있었더냐는 듯이 홀로 퍼져 갔다. 잎이 커갈수록 나무는 태가 나고 목덜미가 하얀 대학교 신입생처럼 풋풋한 것이 잎이 나무의 주인인 것처럼 보였다. 그 또한 꽃을 피우기 위한 저들의 정성이려니 생각하면 잎 따로 꽃 따로 볼 일이 아니었다. 꽃을 피우려고 온몸으로 정성을 들이는 나무를 지켜보면서 어찌 자식 키우는 인간만이 위대하다고 자만할 수가 있을까 하는 생각이 들었다.

방앗간에서 깻묵을 얻어다 삭혀서 뿌리 주변을 넓게 파고 뿌려주었다. 꽃을 피우려면 힘이 들 텐데, 손자들 커갈 때 보약 먹이듯이 거름을 했다. 꽃망울이 커지기 시작하자 틈만 나면 화단으로 내려가 봉오리를 세고 있는 나를 본다. 잎 속에 숨어 있어 잘 보이지 않아 그렇겠지만 오늘은 열세 송이였다가 내일은 열네 송이, 이게 어찌된 일이지 하며 세기를 반복한다.

봉오리가 커가면서 흰빛이 새어 나오기 시작했다. 흰 모란은 드문데 어쩌자고 귀한 손님처럼 내게 오셨는지. 모란은 오월에 피는 꽃인데 사월인 지금 벌써 색을 머금고 있다. 나에게 보여주려고 꽃도 애를 태우는가.

날이 다르게 꽃망울이 커지면서 완연한 흰색이 나오기 시작하자 내 눈은 잎에서 꽃으로 옮겨갔다. 꽃을 받쳐주는 잘

생긴 잎에서 눈이 멀어지다니. 꽃을 피우기 위해 그렇게 애쓴 이파리의 노고를 어찌 잊을까마는 잎도 꽃을 보기 위해 그렇게 온 힘을 썼으니 변심했다고 나를 나무라진 않겠지. 목단牧丹이라 쓰고 모란이라 읽는다 한 걸 보면 꽃이 주인임을 어쩌랴.

사월 중순도 되기 전에 꽃이 만개했다. 초록색 이파리 위에 고고한 듯 흰 꽃이 앉아 있다. 열다섯 송이다. 꽃 이파리 안에 자줏빛 씨방과 노란 꽃술이 아름다운 꽃, 맑고 우아한 빛이 볼수록 귀하다. 어쩌면 저리도 귀티가 나는지. 사람들이 지나가며 사진을 찍는다. 누군가는 경복궁에 갔을 때 흰 모란을 처음 봤다면서 궁에나 피는 꽃이라며 격을 높여준다.

그러나 며칠 지나지도 않았는데 그 큰 꽃잎이 뚝뚝 떨어져 바닥에 누웠다. 기껏 며칠 피려고 그리도 정성을 들였나 싶을 만큼 허무했다. 꽃이 진 자리에 씨가 맺혀 있다. 아니 본래 씨를 잉태하고 있었던 듯 단단하게 커가고 있다. 나는 그제야 알아차렸다. 꽃눈이 겨울에 나와 추위를 견딘 까닭을. 이파리가 기도하듯 손을 모았던 것도, 우아했던 꽃도 종내는 종족을 보존하기 위한 몸짓이었음을.

오리는 오지 않고

이른 아침 산책길에서 잠자리채를 들고 있는 젊은 여자를 봤다. 이틀을 연달아 보던 날, 아들 방학 숙제하느냐고 말을 걸었다. 학생들 보여주려고 한다는 말을 듣자 교사인 줄 알았다.

곤충 채집 같은 숙제를 없앤 건 잘한 일이다. 잠자리 구경도 못한 아이들을 위해 새벽부터 나선 선생님을 보는 건 신선하다. 그러고 보니 예전처럼 잠자리가 보이지 않는다. 간혹 고추잠자리가 보일 뿐, 우리 어릴 때만 해도 왕잠자리도 많아서 실에다 암놈을 묶어 휘휘 돌리면서 수놈을 유인하곤했는데. 자연이 망가지고 곤충들이 살 수 있는 환경이 점차 줄어들고 있음을 새삼 느꼈다.

올해는 뒷산 계곡에 오리도 오지 않는다. 해마다 여름이 시작될 무렵이면 암수 두 마리가 와서 노니는 모습이 보이고 얼마 있으면 앙증맞은 새끼를 서너 마리 거느리고 오르

내렸는데. 산에 가면 오리 찾느라 눈이 계곡을 휘젓고 다니는 재미가 이젠 사라져 버렸다. 어미 닭 따라다니는 병아리를 볼 수도 없는 이즈음, 오리 새끼가 오종종 다니는 모습은 얼마나 귀엽던지. 계곡 초입에서 보이다가 어떤 날은 저만큼 위쪽에 있는 모습을 보면 저 작은 새끼가 어떻게 이동하는지 궁금하곤 했다. 날개가 다 자라기도 전이라 날아서 올리가 없는데 어미가 물어 날랐나 별생각을 다 하다 보면 어느새 어미만큼 자라 어느 게 새끼인지 구별하기가 어려워지곤 했다. 그러다 어느 날 자취도 없이 날아 가버리고 나면 자라던 곳을 다시 찾아오리라는 희망으로 다음 여름을 기다리곤 했다.

그런데 그들을 오지 못하게 쫓아낸 원인을 어렵지 않게 찾았다. 뒷산에 무슨 국립치유센터를 짓는다고 현수막이 붙고 공사가 시작되더니 뜬금없는 건물 공사가 한창이다. 산속에 저런 건물이 왜 들어오는지 알 수가 없다. 봄이면 복사꽃이 피고 매화가 아름답던 자리에 그 꽃나무 다 없애고 시멘트를 들어붓고 있다. 우리나라는 아직도 개발도상국이다. 자연은 있는 그대로를 지키고 보존하는 것이 최상일 텐데 뭔가를 짓고 길을 다시 내면서 눈에 보이는 가시적인 성과를 내려고 하는 사고가 판을 치고 있다. 흙으로 된 길을 찾을 수 없는 도심에서 산길에 들어서면 그나마 흙을 밟을 수 있는데,

그 산길에 야자 매트를 깔았다. 그것이 치유의 숲이 추구하는 인간들의 구상임을 어떻게 막을 수 있을지. 그런 것을 개발이라 하고 발전이라 하는 사고의 틀을 언제쯤 되면 깨트릴 수 있을지 답답하다.

산속에 시멘트 건물이 들어서는 걸 나보다 먼저 알아차리고 해마다 오던 길을 바꿔 가버린 오리, 이렇게 자연을 파괴하면 그들이 깃을 어디다 들일지. 계곡에 자라는 버들치도 그물을 가져와 싹 쓸어가는 인간도 있다. 자연이 망가지는 걸 보고 있으면 우리도 머잖아 이렇게 망가져 갈 것이 불을 보듯 뻔한데.

잠자리가 사라지고 벌이 사라지고 오리가 오지 않는 자연 속에 인간인 들 제대로 살아남을지.

그러고 보니 요즘 청설모도 잘 보이지 않는다. 어느 날 산길에 죽어있는 걸 본 적이 있는데, 나무를 타고 이리저리 잘도 옮겨 다니는 짐승이 왜 떨어져 죽었는지 의아했다. 산에 커다란 고양이가 돌아다니더니 새끼 몰고 다니던 까투리 본 지도 오래다. 왜 고양이가 산에 와서 사는지. 생태계가 파괴되는 건 시간문제 같다.

그뿐일까. 드물게 보이던 나리꽃도, 인동초 덩굴도 한 해가 다르게 사라져 버렸다. 자기 집 마당에 가져다 놓고 혼자 보면 좋은가. 나는 사람한테 실망하고 인간에게 절망한다.

산이 황폐해지고 건물이 들어서고 자연이 망가지면 그 끝은 불을 보듯이 훤하다. 그렇잖아도 폭우가 쏟아지고 곳곳에 산불이 집들을 집어삼키는가 하면 만년설이 녹아내려 지구가 종말을 향해 가고 있는데, 인간이여, 각성하라. 이렇게 외치고 싶다. 우리의 후손들이 살아갈 이 지구별을 위해.

부산을 그리워하며

 아이들 일로 서울에서 두어 달 살면서 부산에 가고 싶은 마음이 구름처럼 일었다. 내가 살던 고장을 그렇게 그리워해 보기는 처음이다. 길을 가다가 경부 고속도로라는 이정표가 보이면 '저리 가면 부산으로 가겠네' 하며 눈이 가닿고, 어쩌다 티브이에서 바다가 나오면 옆집 가듯이 들리던 해운대가 떠올라 그리움에 젖곤 했다. 무엇보다 견딜 수 없었던 것은 산에 가고 싶은 마음이었다. 집 뒷산인 승학산을 거의 날마다 거닐었던 나는 근처에 산이 보이지 않는 딸아이 집에서 갇힌 듯한 느낌을 지울 수 없었다. 계곡에는 물이 흐르고 버들치가 노니는 곳, 삼나무 숲속에 내 자리라고 정해 놓았던 나무 벤치, 그곳에 누워서 간혹 잠들기도 했던 한가한 날들이 옛일처럼 느껴졌다.

 그제야 나는 이북에 고향을 두고 피난 와서 돌아갈 수조차 없는 사람들에 생각이 미치고, 그 간절함이 내 일처럼 다가

와 가슴이 쓰라렸다. 어릴 때 자라던 산천은 물론 부모 형제와 친구들 보고 싶어 어찌 살았을까. 그렇게 오랜 세월을 흘려보내고 낯선 곳에서 눈을 감은 사람들의 한을 아직도 풀어주지 못하는 우리는 부끄러운 민족이다. 마음만 먹으면 갈 수 있는 데도 이렇듯 향수병에 걸린 듯 보고 싶은 게 많은데.

평소에 부산은행을 주로 이용했던 나는 이 낯선 서울에서 부산은행 찾아 삼만 리를 헤매는 기분이었다. 인터넷으로 위치를 대충 찾아 택시 기사한테 가자고 하면 그도 몰라서 뱅뱅 도는 데는 신경이 곤두설 지경이었다. 돈을 찾을 때 수수료 나가는 게 아까워서 비교적 전국으로 통용되는 은행 통장을 새로 만들려고 했더니 주거지가 아니면 통장 개설이 되지 않는다고 했다. 대포통장 같은 걸 방지하기 위해 법이 바뀌었다는 것이다. 집 떠나니 별 게 다 서럽게 느껴졌다. 자동이체를 두 개 정도 자기 은행으로 변경해 주면 통장을 개설해 주겠다고 해서 부득이 그렇게 할 수밖에 없었다.

드디어 부산 가는 날, 서울역에 나오자 "나는 부산 간다" 누구에게 자랑하듯이 큰 소리로 말했다. 생각해 보니 여태까지 부산을 떠나 산 날이 거의 없었다. 처녀 때 직장 따라 두 해 정도 낯선 곳에서 산 것 말고는 칠십 년을 산 곳이다. 어쩌다 여행을 가도 보름 정도, 두어 주일 만에 돌아왔지 이렇게 오래도록 떠나 있은 적이 없다. 길을 가다가 버스 속에서 경상도 말이 들리면 귀가 번쩍 뜨였다. 서울 말씨가 상냥하기는 하지만 귀에 낯설고 여자들끼리 나누는 얘기를 들으면 그 재재거리는 소리가 거슬렸다. 부산 여자들은 목소리가 커서 시끄럽지만, 서울 여자들은 말수가 많아서 시끄러웠다. 남자들도 말이 많기는 여자와 진배없었다. 띄엄띄엄 말하는 경상도 남자만 보다가 그칠 줄 모르고 대화를 해대는 서울 남자들 말소리에 신경이 곤두서곤 했다. 하루는 버스를 타고 가는 데 뒷자리에 나이 지긋한 남자 둘이 쉬지 않고 얘기를 나누는 소리에 나도 모르게 돌아보았다. 어떤 남자들이 저렇게 재재거리나 싶어서. 곧 아차 싶은 생각이 들었다. 왜 보느냐고 행패라도 부리면 어쩌나 순간 후회가 되었다. 말수 굼뜬 경상도 남자에 익숙해 있는 내 귀엔 서울 남자도 여자들과 다름없어 그 말소리에 짜증이 나곤 했다.

부산역에 내려서 먼저 들린 곳은 역 근처에 있는 중국집 홍성방이었다. 간혹 서울 갔다 부산에 내리면 그곳에서 끼니를 때우곤 했던 곳, 여느 때처럼 찐 만두로 늦은 점심을 먹었다. 그리곤 전철을 탔는데 여기저기서 들리는 경상도 사투리가 반가웠다. 지하철에 내려서 집으로 오다가 들머리에 있는 해산물 파는 노점에 들려 멍게를 샀다. 이사 간 줄 알았다며 반기는 마음도 고마웠다. 마트에서 파는 멍게는 사고 싶은 생각이 들지 않던 서울이다.

집에 가서 제일 먼저 찾았던 건 역시 승학산이었다. 사람보다 산천이 더 그리웠던 것일까. 뒷산에 올라가 회포를 풀었다. 마음이 기뻐도 불편해도 언제나 나를 안아주던 곳, 내려오는 길엔 곧잘 노래도 불렀지. 늘 다니던 길을 돌아 걸으며 산의 품속에 안겨 천천히 산 내음을 음미했다. 멀리 보이는 부산 앞바다, 평소에는 별 마음 없이 바라보던 풍경이 내 가슴 속에 그렇듯 선연히 각인 돼 있는 줄 떠나고서야 알게 되다니.

어린 날을 금정산 자락에서 보낸 탓일까 산에 들면 편안하고 그곳이 내 있을 곳인 것 같았다. 그리고 보니 가는 곳마다 집이 산 가까이에 있어 산책으로 하루를 시작했음을 상기했다.

그다음으로 달려간 곳이 오일장이 열리는 하단 장이었다. 손수 키운 야채를 팔고 있는 아주머니들이 보고 싶었다. 친구라 해야 한 달에 한 번쯤 만나지만, 장은 닷새마다 열리니 나도 모르게 그분들과 정이 들었던가 보다. 그중에서도 승학산 자락에서 닭을 놓아먹이고 농사를 짓는 투박한 아주머니가 보고 싶었다. 장에서도 보지만 산에 갈 때도 그 집을 지나가며 이런저런 얘기를 나누던 사이여서 그랬을까. 그 아주머니도 깜짝 놀라며 반가워했다. 어디 아파서 입원을 했나 어째 통 안 보인다며 전화번호를 찾아봐도 없고 궁금했다며 팔려고 놓아둔 상치를 한 움큼 집어주었다. 그 옆에 앉아 있던 아주머니는 언젠가 미국 있는 딸 준다고 깻잎 사 가던데 미국 갔나 했다면서.

부산이 그리웠던 건 딱히 누가 보고 싶었다기보다는 평소에 오며 가며 만나던 사람들과 마음 의지했던 산천이었음을 알았다. 별달리 친할 일은 없어도 안 보이면 궁금해하는 이웃들, 그런 이들을 만난 다음에야 친하게 지내던 지인들을 만나 해운대에서 점심 먹고 바다가 보이는 곳에 앉아 차를 마셨다. 바다보다 산을 좋아하는 나지만, 바다는 사투리처럼 내 몸에 젖어 있었던 가보다. 조금만 나서면 바다가 있는 부산, 나는 심호흡을 하며 그동안의 그리움을 날려 보냈다.

나의 부산행은 이렇게 향수를 푸는 것으로 끝났다. 돌아와서는 승학산처럼 쉽게 갈 수 있는 산을 찾아 이리저리 헤맨 끝에 청계산을 찾아내고, 틈나면 그곳에 가 승학산에나 온 것처럼 벤치에 누워 새소리 물소리 들으며 돌아갈 날을 기다린다.